课本故事会

经典历史故事

于勤 编著

南京出版传媒集团
南京出版社

图书在版编目(CIP)数据

经典历史故事 / 于勤编著. -- 南京 :南京出版社，2016.1

(课本故事会)

ISBN 978-7-5533-1231-6

Ⅰ. ①经… Ⅱ. ①于… Ⅲ. ①历史故事—作品集—世界 Ⅳ. ①I14

中国版本图书馆 CIP 数据核字(2016)第 017659 号

书　　名: 经典历史故事
编　　者: 于　勤
出版发行: 南京出版传媒集团
南 京 出 版 社

社址：南京市太平门街 53 号　　邮编：210016
网址：http://www.njcbs.cn　　电子信箱：njcbs1988@163.com
淘宝网店：http://njpress.taobao.com　　天猫网店：http://njcbcmjtts.tmall.com
联系电话：025－83283871、83283864(营销)　025-83112257(编务)

出 版 人: 朱同芳
出 品 人: 卢海鸣
责任编辑: 金　欣
装帧设计: 张　淼
责任印制: 杨福彬

排　　版: 南京新洲印刷有限公司
印　　刷: 南京工大印务有限公司
开　　本: 787 毫米×1092 毫米 1/16
印　　张: 10.5
字　　数: 110 千字
版　　次: 2016 年 1 月第 1 版
印　　次: 2016 年 1 月第 1 次印刷
书　　号: ISBN 978－7－5533－1231－6
定　　价: 25.00 元

淘宝网店　天猫网店

写在前面

KE BEN GU SHI HUI

亲爱的小朋友：

我们的语文书就像一个异彩纷呈的大花园，里面种植着无数的奇花异草，徜徉其中，总是花香扑鼻，彩蝶环绕。翻开语文书，一篇篇有趣的课文映入你的眼帘，一个个出色的人物站在你的面前，一幅幅精彩的图画令你眼花缭乱，那么，你有没有发现藏在语文书里的故事呢？梅兰芳蓄须、哥伦布竖蛋、聂荣臻背书保鱼竿、钱钟书摔镜验典……这些名人不为人知的有趣故事，你都读过吗？枫叶为什么会变红？海参有什么绝招？迪斯尼乐园是怎么来的？诺贝尔奖和烂西瓜有什么关系？这些和语文书息息相关的科学故事，你都知道吗？关羽刮骨疗毒、刘邦约法三章、木兰替父从军、诸葛亮草船借箭……这些为人们津津乐道的历史故事，你都听过吗？知了学飞、蜘蛛结网、螳螂捕蝉、陶罐和铁罐……这些生活中常见的现象，又给了你哪些启示呢？……这一切的一切，在《课本故事会》这套丛书中，你都能找到答案。

还等什么呢？奔跑吧！孩子！我在书中等你。

编者

2015.12

阅读，
从这里开始……

目录
contents

悦读经典

聆听经典

回味经典

记忆经典

悦读经典

小学一年级语文课本（上册）有一篇课文《怀素写字》，向小朋友们讲述了狂草书法的代表人物怀素刻苦练字的故事。怀素既是一个狂僧，更是中国历史上一位杰出的书法家。他的草书被称为“狂草”，有如疾风中的劲草，回转自如，奔放流畅，一气呵成，是中国古典浪漫主义艺术的杰出代表，对后世影响深远。怀素和张旭齐名，后世有“张颠素狂”或“颠张醉素”之称。下面我们就再来读一个怀素芭蕉练字的故事吧！

怀素芭蕉练字

著名书法家怀素生于公元 737 年（唐开元二十五年），是湖南永州人。怀素从小就生得眉清目秀，自幼聪明好学，做事少年老成，很得父母的喜爱。可是在怀素十岁那年，“忽发出家之意”，急得双亲唉声叹气，却怎么也阻止不了，于是只好让他在零陵书堂寺受戒出家为僧，法号怀素。

怀素出家以后，在经禅之暇，特别喜好书法。在禅房，人们很少能够听到怀素的念佛声。而书堂寺后面的那口怀化井，人们则经常可以看到怀素在那里洗墨。这样的不务正业，终于无法为小寺院书堂寺所容。

另外，怀素的性格也实在是不适宜于做一个诵经念佛的教徒。不久之后，怀素就离开了书堂寺，重新回到了自己的家中。

回到家中，除了做一些简单的劳动之外，怀素将主要精力都投入到了自己最喜欢的书法艺术中去。练字需要几项最基本的开销。墨水不成问题，甚至于用毛笔蘸水练字也完全可以，难办的是纸张。唐代的纸价不能算太贵，但是，怀素没有其他的收入来源，加上怀素喜欢写草书，以他须臾之间能纵横挥洒千万张的劲头，购买纸张实在是一大经济负担。

为了解决纸张这个问题，怀素可以说是花了不少心思。首先，因为买不起纸张，怀素就找来一块木板和圆盘，涂上白漆书写。后来，怀素觉得漆板光滑，不易着墨，于是他就在自己的居处附近，种上了大片大片的芭蕉。芭蕉是多年生草本植物，叶子大而宽，就像一张宽大的宣纸，用来练字，再合适不过了。等到大片芭蕉长成之后，怀素还为自己的住处取了一个十分富有诗意的斋号——“绿天庵”。怀素用芭蕉叶子来练字，既可以放开手脚，任意挥洒，又可以反复书写，临遍当时他认可的所有书帖。可是由于怀素练字入魔，不分昼夜，万余株芭蕉叶片的生长都不及他的书写速度。老芭蕉叶剥光了，小叶又舍不得摘，怎么办呢？后来怀素就想了个办法，干脆揣上笔墨站在芭蕉树前，对着鲜叶书写，长出一片书写一片。无论寒暑，就算太阳照得他如煎似熬，刺骨的北风冻得他手肤迸裂，他还是持之以恒，继续坚持不懈地练字。他写完一处，再写另一处，从未间断。

怀素曾观察过那夏日的彩云，其形状随风变化，情态各异，他将这情状记在心里，慢慢琢磨，总感到这夏云多奇与草书的表达有一种说不出的密切关系。怀素也曾对公孙大娘舞剑所体现的飞动迅疾进行过认真琢磨，并领悟到了舞剑与书法的相通性。从老师邬彤那里，怀素更学会了动脑，学会了用脑袋“写字”。怀素的良苦用心，最终得到了回报，他临尽芭蕉，废笔成家，书法别具一格、匠心独运，终于成为当时杰出的书法家，李白曾写诗称赞他：“草书天下称独步”，着实令人钦佩。

传说怀素种植的芭蕉共有1万多株，这也许是传闻吧。但是怀素以芭蕉叶作为书写材料勤奋练字的故事一直广为流传，甚至成为画家笔下经常出现的一个题材。现代著名油画、国画大师徐悲鸿、李可染都曾经画过怀素书蕉图。

思考题

你还知道中国哪些著名的书法家？

答　案

颜真卿、柳公权、米芾、王羲之、王献之、赵孟頫等。

小学一年级语文课本（下册）有一篇课文叫《司马光》，司马光是北宋著名的政治家、史学家、文学家。他主持编撰了中国历史上第一部编年体通史《资治通鉴》。司马光为人温良谦恭、刚正不阿，堪称儒学教化下的典范，历来受人景仰。小朋友们大概在上幼儿园时就听过司马光砸缸的故事了，下面我们就再来读一个司马光制作警枕的故事吧！

司马光的警枕

司马光是北宋著名的政治家、史学家。

司马光从小读书就十分刻苦勤奋，他小时候和哥哥弟弟们一起学习，每当老师讲完书，哥哥弟弟们读上一会儿，勉强背得出来，便一个接一个丢开书本，跑到院子里玩。只有他不肯走，轻轻地关上门窗，集中注意力高声朗读，读了一遍又一遍，直到读得滚瓜烂熟，合上书，能够流畅地，不错一字地背诵，才肯休息。司马光觉得自己记忆力不行，背课文记生字总是没有别人快，就暗自对自己说：“我要下苦功夫，来增强自己的记忆力！”于是，他每天试着把课文多念多背，别人背两遍三遍，他总是要背五遍六遍。

可是这样一来，时间就不够用了。放学后，司马光也得挤出时间来读书。特别是晚上，稍微玩耍一阵后，司马光便刻苦读起书来，这一读，经常读得很晚。到第二天，司马光还要早早地起床，进行晨读。由于晚上睡得迟，他常睡过头，耽误了早晨读书。

“用什么办法来解决这个问题呢?”司马光苦苦地思索着。

司马光想让母亲来喊醒自己。但母亲心疼他，不想让他读书读得这么辛苦。

有一天，司马光看见后院有一段圆木头，突然灵机一动，心里想：“有办法了！”

司马光把圆木头擦干净，放在床上当枕头。晚上，司马光就枕着圆木头睡，只要他一翻身，圆木头就会滚动，司马光的头就会滑落在床板上，自然就把他惊醒了。这样，司马光就再也不会睡过头了。司马光给这个圆木枕头起了个名字叫“警枕”。

一天，妈妈在床上发现了这根圆木头，十分纳闷。妈妈正想把木头扔掉，司马光进来了，着急地说：“母亲，千万不要扔，这是我的警枕！”

母亲听他一解释，感动地说：“孩子，用功读书是好事，但也不要累坏了身体呀！”

司马光笑着回答：“母亲放心，孩儿不是小傻瓜，不会累坏身体的。”

从此以后，司马光天天早早地起床读书，由于发奋学习，坚持不懈，司马光 15 岁时已无书可读了。长大后，他当上宋朝大臣，主编了著名的编年体史书《资治通鉴》，成为一个学识渊博的大文豪。

思考题

你了解《资治通鉴》这本书吗？

答　案

《资治通鉴》是由北宋司马光主编的一部多卷本编年体史书，共294卷，历时19年完成。主要以时间为纲，事件为目，从周威烈王二十三年（公元前403年）写起，到五代后周世宗显德六年（公元959年）征淮南停笔，涵盖16朝1362年的历史。《资治通鉴》是中国第一部编年体通史，在中国官修史书中占有极重要的地位。

小学一年级语文课本（下册）有一篇课文《鲁班和橹板》，讲的是鲁班发明橹板的故事。鲁班，姓公输，名般，春秋末期到战国初期的鲁国人。因为“般”和“班”同音，古时通用，所以人们常称他为鲁班。鲁班是我国古代的一位手艺高强的工艺巧匠，也是一位杰出的创造发明家，我国的土木工匠们都尊称他为祖师。两千多年以来，鲁班的名字和有关他的故事，一直在广大人民群众中流传，至今，在民间还广泛地流传着鲁班发明创造锯子的故事。小朋友们，我们赶紧去看看吧！

鲁班和锯子

传说鲁班一家世世代代都是手工工匠，他从小就跟随家里人参加过许多土木建筑工程劳动，逐渐掌握了生产劳动的技能，积累了丰富的实践经验。

有一次，鲁班上山去伐木，一不小心被一棵草划破了手。鲁班很奇怪：一根小草为什么会这样锋利？居然能把手给划破？于是，鲁班从那棵草上小心地摘下了一片叶子来仔细观察，他发现叶子两边长着许多小细齿，用手轻轻一摸，这些小细齿非常锋利，一下子就把手给划破了一道口子。鲁班顿时明白了，原来自己的手是被这些细齿划破的！

又过了些时候，鲁班又发现了一件奇怪的事情。有一天，鲁班看见一只蝗虫正用很小的嘴巴在一株草上啃吃叶子，它的两颗大板牙非常锋利，一开一合，几下子就把一大片叶子给吃光了。蝗虫的牙齿为什么会这么厉害呢？这同样引起了鲁班的好奇心。鲁班逮住那只蝗虫，仔细观察蝗虫牙齿的结构，发现蝗虫的两颗大板牙上，居然同样排列着两排细齿！原来秘密也在这细齿上面！蝗虫正是靠这些小细齿来咬断草叶的。

这两件事给鲁班留下了极其深刻的印象，也使他受到很大启发，陷入了深深的思考。鲁班想：如果把砍伐木头的工具做成锯齿状，不是同样会很锋利吗？砍伐树木也就容易多了。于是，鲁班就开始了实验。一开始，鲁班用大毛竹做成一条带有许多小锯齿的竹片，然后到小树上去做试验，效果果然不错，几下子就把树皮拉破了，再用力拉几下，小树干就划出一道深沟，鲁班非常高兴。但是由于竹片比较软，强度比较差，不能长久使用，拉了一会儿，小锯齿就有的断了，有的变钝了，需要更换竹片。这样就影响了砍伐树木的速度，而且使用竹片太多也是一个很大的浪费。看来竹片不宜作为制作锯齿的材料，应该寻找一种强度、硬度都比较高的材料来代替它。这时，鲁班又想到了铁片。于是鲁班立即下山，他请工匠帮助他打造一种和叶子、和蝗虫的大板牙一样，有细齿的金属工具，然后到山上继续实践。鲁班和徒弟各拉一端，用这种工具在树上来回地拉，只见他俩一来一往，一棵大树很快就倒下了，又快又省力，鲁班和徒弟高兴极了。这种工具后来经过不断地改进，就成了今天大家看到的锯。锯就这样被发明了。

思考题

鲁班发明锯子的故事，给你什么启示呢？

答　案

鲁班发明锯的故事，告诉我们：好奇心是引领我们走向科学发明的向导，而仔细地观察思考才是打开科学大门的金钥匙。

小学一年级语文课本（下册）有一篇课文叫《咏华山》，《咏华山》是一首歌咏华山的诗，是宋朝宰相寇准七岁时所作。说起寇准这个人，他是北宋时期著名的政治家、诗人，善诗能文，所写的七绝尤其有韵味。传说寇准是一个稀世神童，从小就聪慧过人，为官后曾经两度担任宰相。下面我们就来读一个寇准抗击辽兵的故事。

寇准抗辽

十一世纪初，辽国大举入侵，北宋人心惶惶，很多大臣主张迁都逃跑。这时，却有一位大臣竭力主张抵抗，并竭力劝说宋真宗御驾亲征。这位大臣就是当时的宰相寇准。

寇准为官一直都耿直刚强，办事果断。公元1004年，宋真宗任命寇准担任宰相。

寇准担任宰相才一个月，辽国萧太后和辽圣宗就率领二十万大军，入侵宋朝。这年十一月，辽军很快打到澶（chán）州（今河南濮阳），威胁宋朝的都城汴京。

边境的告急文书，一天中向汴京发来五次。这些告急文书到了寇准手中，都被扣了下来。寇准谈笑自如，好像没有这回事一样。

第二天，人们把这事报告宋真宗。宋真宗又惊又怕，就把寇准召进宫，问他处理办法。寇准说："陛下要辽国退兵，只需花几天时间便可。不过需要您御驾亲征，前往澶州。"

宋真宗不敢前去，立起身来，想退回内宫。寇准说："陛下一进去，群臣不得见，大事就完了。陛下不能入内。"

宋真宗只得留下来，陆续召见一些大臣，商议对策。当时的副宰相王钦若和另一个大臣陈尧叟都想逃跑，暗地里劝宋真宗迁都，躲避敌人的锋芒。

宋真宗问寇准说："有人劝我迁都金陵，有人又劝我迁都成都，你看该怎么办？"

寇准知道这是王钦若和陈尧叟出的鬼点子，却假装不知道，大声说："谁给陛下提出迁都的主意，罪该杀头！现在上下齐心，要和敌人决一胜负。只要陛下御驾亲征，定能打败敌人。要是迁都逃跑，京城一失，人心崩溃，敌人长驱直入，天下还能保得住吗？"

在寇准的劝说下，宋真宗决定亲征。这年十一月，北宋军队从汴京出发，来到韦城（今河南滑县）。

守卫澶州的宋军听说皇上亲征，士气高涨，不仅打退了辽军的进攻，还打死了辽国大将萧达兰。萧达兰一死，辽军的锐气受到了很大的挫折。

不料就在这时候，北宋统治集团内部的主和派又提出迁都金陵。宋真宗胆小怕事，又想后退了。寇准劝告他说："陛下只能前进一尺，不能后退一寸。如果这时候撤军后退，百姓失望，军心涣散，势必瓦解，敌人乘机杀来，恐怕连金陵也保不住了。"

宋真宗只得下令进军，渡过黄河，进入澶州城。他把军事大权交给了寇准。这时候，几千名辽军骑兵前来攻城，寇准下令开城出击。宋军奋勇冲杀，一下子消灭了一大半敌人。

宋军得胜以后，宋真宗命寇准留在澶州城，自己回行宫去了。他回到行宫，还不放心，又派人去看寇准在干什么。只见寇准正跟官员在饮酒，有说有笑，根本不把辽军当一回事。宋真宗这才放下心来，高兴地说：“寇准这样从容不迫，我还担心什么呢？”

寇准坚决反对议和，主张乘胜收复燕云十六州。可惜宋真宗却没有决心抗辽，早在出征前，就派了一个叫曹利用的官员，跟辽国谈判。辽军因为不断受到挫折，处境很不利，就同意跟宋朝议和。

公元 1005 年，宋辽双方正式达成协议，规定北宋每年给辽国白银十万两，绢二十万匹。不用说，北宋百姓的负担又加重了。不过，这还是由于寇准坚持抗辽，北宋才没有遭受更大的失败。

思考题

除了寇准，你还知道哪些人担任过宋朝的宰相吗？

答　案

王安石、司马光（北宋）、文天祥（南宋）。

小学二年级语文课本（上册）有一篇课文《大禹治水》，讲述了禹三过家门而不入，为民治理洪水的故事。禹，是黄帝轩辕氏的玄孙，也是中国奴隶社会的创始人。因为禹在治水过程中，昼夜辛劳，后人高度赞扬他的治水功绩，所以尊称他为“大禹”。其实关于大禹治水，民间还流传着许多传说呢！

大禹锁蛟龙

传说大禹治水的时候，在禹州城里住着一对老年夫妇，老夫妻俩膝下无子，收留了一个被水冲来的孤儿做干儿子。这孩子聪明伶俐，老两口爱如掌上明珠。但这个孩子很奇怪，他一不学文，二不习武，整天却跑到颍河里去玩耍。老两口心里很不安，生怕儿子有个三长两短。可无论老夫妻俩怎样劝阻都无济于事。那孩子死活不听，每天非下河玩水不可。时间久了，老两口也没办法，只好任他去玩。

这一年的寒冬腊月，冰冻三尺，凛冽的寒风刮在脸上像刀割一样疼。有一天，大禹治水恰好从颍河边经过，突然看见河里有一个顽童在玩水，浑身冒着热气，不由暗自惊奇。大禹定睛一看，发觉这顽童根本不是人，而是蛟龙所变，便立即派人盯住这孩子，暗地里察看他家在

哪里。

原来这只蛟龙晓得大禹的厉害，生怕被大禹捉住，因此变化成小孩，躲在这一老汉家里暂时藏身。

第二天，大禹扮作一个老汉来到老夫妻俩家里，以喝水为名，和老人攀谈起来。大禹一边喝水一边问道："老哥，你家有几口人，膝下有几个孩子呀？"

老汉听了，长叹一声说："唉，我命中无子，幸亏收了个干儿子在身边。可惜他生性顽皮，每天啥事不干，只知道去河里洗澡，俺老两口多次劝说，他都当耳旁风。哎！快把人给气死了。"大禹说："昨天大冷天的，我看见个孩子在河里玩水，想必就是他吧？"

老汉点头说："正是。"

说话间，天已晌午，老人便留大禹在家吃饭，大禹满口答应。老汉让老伴做了面条招待大禹。饭刚端上桌，只见那孩子从河里回来了。他进门看见大禹，二话不说，转身就走。说时迟，那时快，大禹顺手从碗里捏起一根面条，叫声"变"，面条立即变成一根又粗又长的铁索。大禹手拿铁索，只听"哗啦"一声，铁索便套在了那孩子的脖子上。大禹大声喝道："畜生，还不快现原形！"话音没落，那顽童便变成了一条身长数丈，口如血盆、眼像灯笼、张牙舞爪的蛟龙。老人一见吓得浑身哆嗦。大禹说："老人家，不必惊慌，我实话告诉你，他本不是人，原是一条蛟龙，怕我拿它，才变成人形，暂时到你家躲藏。"大禹说罢，便把锁住的蛟龙压到一口八角井内。那蛟龙苦苦求告说："我啥时候能出来？"大禹说："除非石头开花那天！"

这就是大禹锁蛟龙的故事，现在到禹州城，你还能找到禹王锁蛟井呢！

思考题

你知道我国传说时代与禹齐名的贤圣帝王是谁吗？

答　案

尧、舜。

小学二年级语文课本（下册）有一篇课文《母亲的恩情》，这是一篇文包诗，讲述了唐代诗人孟郊感念母亲的恩情，写下了脍炙人口的诗作《游子吟》的故事。孟郊和贾岛齐名，写诗皆以苦吟著称，被宋代大文学家苏轼并称为“郊寒岛瘦”。《游子吟》是孟郊的代表作，是一首真挚深沉、感人至深的小诗，而诗的最后两句“谁言寸草心，报得三春晖。”更是千百年来赞颂母亲的名句。下面我们就来读一个孟郊小时候巧对钦差的故事吧！

小孟郊巧对钦差

唐朝时候，武康县出了个才子叫孟郊。孟郊出身贫寒，但他读书很用功，文采也很出众。

一年冬天，有一个钦差大臣来到武康县了解民情。县太爷大摆宴席，为钦差大人接风。正当县太爷举杯说“请”，钦差大人点头应酬的时候，身穿一身破烂衣衫的小孟郊不知从哪里走了进来。县太爷一见很不高兴，眼珠一瞪喝道：“去去去，从哪里来的小叫花子，赶紧给我滚得远远的！”

小孟郊一听，气愤地顶了一句：“家贫人不平，离地三尺有神仙。”

“呦！小叫花子，你倒挺能说的嘛！今天老爷我倒要考考你。我出

明镜高悬

个上联，你若对得出，就在这里吃饭。若是对不出，我就判你个私闯公堂，打断你的狗腿。”钦差大臣阴阳怪气地说。

“请吧。”小孟郊不慌不忙，一点也不害怕。

这钦差大人自恃才高，又见对方是个小孩，便摇头晃脑嘲讽地说：“小小青蛙穿绿衣。”

小孟郊抬头见这位钦差大臣身穿一件大红蟒袍，又见桌上正有一道烧螃蟹，略一沉思，便对道：“大大螃蟹着红袍。”

钦差一听，气得浑身像筛糠一样直发抖，但有话说在先，又不好发作，便对县官说：“给这小儿一个偏席，赏他口饭吃，看我再和他对。”

过了一会儿，这老钦差三杯老酒下肚，又开始神气活现了，他斜了一眼小孟郊，又阴阳怪气地说：“小小猫儿寻食吃。”

小孟郊看着像馋狗啃骨头似的钦差大臣，又看着一旁拼命拍马屁的县太爷，心想：你们这帮贪官污吏，整天就知道自己吃饱吃好，根本不管老百姓的死活！小孟郊想了想，便怒气冲冲地回敬道：“大大老鼠偷皇粮。”

钦差大臣、县太爷一听，吓得目瞪口呆，顿时出了一身冷汗。原来他们吃的正是救灾的粮食呢！这下子钦差大臣和县太爷做贼心虚，再也不敢嘲笑孟郊了。

思考题

你会背孟郊另外一首有名的诗作《登科后》吗？

答　案

登科后

孟　郊

昔日龌龊不足夸，今朝放荡思无涯。

春风得意马蹄疾，一日看尽长安花。

小学二年级语文课本（下册）有一篇课文叫《花木兰》。在中国，木兰女扮男装替父从军的故事可谓家喻户晓，经好莱坞拍成动画片后更是全球闻名。真正的花木兰在历史上也确有其人，她是中国古代四大巾帼英雄之一，既有女儿情怀，更有英雄气概，是中国南北朝时期一个传说色彩极浓的巾帼英雄，在唐朝乾封元年，花木兰还被追封为“孝烈将军”。这样的一个传奇女子，我们赶紧去认识一下吧！

木兰替父从军

古代的女孩子几乎是不出门的，但是在南北朝的时候，北魏有一个姑娘叫花木兰，她却曾经女扮男装，替父从军。

一天，花木兰的父亲突然接到了朝廷紧急征兵的文书。可是父亲年纪已经大了，身体也不好，弟弟年纪还小，这可怎么办呢？

花木兰左思右想，最后想出了女扮男装的办法，决定替父从军。

第二天，花木兰早早就来到集市，买了一匹骏马，还买了很多上战场必备的东西。父母拗不过她，只好给她收拾行装送她出门。在出发的时候，父亲心里非常难过，千叮咛万嘱咐，要木兰到了军营以后一定要事事小心，千万不能让别人发现自己是姑娘。花木兰听了父亲的教诲，辞别了父母和亲人，来到了军营，从此开始了她长达 12 年的军队生活。

去边关打仗，对于很多男人来说都是艰苦的事情，更不要说木兰是一个女子，又要隐瞒身份，又要与伙伴们一起杀敌。花木兰到了军营以后，每天和战友们一起训练，一起休息，努力地适应军营的生活，并且处处小心翼翼，不让别人发现她是女子。她和战友们相处得很好，没有人发现她是个姑娘。没多久，敌人来袭，花木兰就和战友们一起上了战场，由于她作战英勇，机智过人，立下了赫赫战功，很快就被封为了大将军。

从此以后，花木兰带领军队南征北战，为朝廷立下了汗马功劳，一眨眼，就过去了十多年。皇上因为花木兰的战绩，要赏赐她黄金千两，良田万亩，还要封她为兵部尚书。花木兰谢过皇帝后，就对皇上说自己不想要这些赏赐，因为十年没回过家乡，非常想念父母，所以最大的心愿就是希望能够回家看看父母亲人，皇上准许了。

花木兰回到家乡，父母非常高兴，她来到自己的房间，脱下军装，穿回自己当姑娘时的衣服，打扮得十分漂亮。她的部下看到她的这身装束都非常惊讶，跟了将军这么多年，居然都不知道将军是个女子。

就这样，花木兰女扮男装，替父从军的故事很快被流传开来了，她孝敬父母，为国尽忠的美好品德至今还被人们口口相传。

思考题

有一首描写花木兰替父从军故事的古诗，你读过吗？

答案

木兰诗

作者：［南北朝］佚名

唧唧复唧唧，木兰当户织。不闻机杼声，惟闻女叹息。

问女何所思，问女何所忆。女亦无所思，女亦无所忆。昨夜见军帖，可汗大点兵，军书十二卷，卷卷有爷名。阿爷无大儿，木兰无长兄，愿为市鞍马，从此替爷征。

东市买骏马，西市买鞍鞯，南市买辔头，北市买长鞭。旦辞爷娘去，暮宿黄河边，不闻爷娘唤女声，但闻黄河流水鸣溅溅。旦辞黄河去，暮至黑山头，不闻爷娘唤女声，但闻燕山胡骑鸣啾啾。

万里赴戎机，关山度若飞。朔气传金柝，寒光照铁衣。将军百战死，壮士十年归。

归来见天子，天子坐明堂。策勋十二转，赏赐百千强。可汗问所欲，木兰不用尚书郎，愿驰千里足，送儿还故乡。

爷娘闻女来，出郭相扶将；阿姊闻妹来，当户理红妆；小弟闻姊来，磨刀霍霍向猪羊。开我东阁门，坐我西阁床，脱我战时袍，著我旧时裳。当窗理云鬓，对镜贴花黄。出门看火伴，火伴皆惊忙：同行十二年，不知木兰是女郎。

雄兔脚扑朔，雌兔眼迷离；双兔傍地走，安能辨我是雄雌？

小学三年级语文课本（上册）有一篇课文《卧薪尝胆》，讲的是春秋时期的越王勾践卧薪尝胆、发愤图强，终于报仇雪恨的故事。其实，在中国历史上，像勾践这样忍辱负重，终于成就一番事业的英雄好汉有很多。汉初的淮阴侯韩信就是其中的一位。

韩信忍胯下之辱

韩信是中国古代一位叱咤风云的战将，为汉王朝的建立立下了赫赫战功。但就是这位叱咤风云的盖世英豪，早年却忍受了不少奇耻大辱。

韩信是淮阴人，出身贫贱，从小就失去了双亲。建立军功之前的韩信，既不会经商，又不愿种地，家里也没有什么财产，过着穷困潦倒而备受歧视的生活，常常是吃了上顿没下顿。所以，韩信常常到熟人家里去混饭吃。

当时，韩信与当地的一个亭长有些交情，于是就常到这位小官家中去吃免费饭，一连吃了几个月。时间长了，亭长的妻子对他很反感，便有意提前吃饭的时间，有一天，等韩信到吃饭的时间来到亭长家里时，已没有饭了。韩信当然知道是怎么回事，从此便再也不去亭长家了。

有一天，韩信到淮阴城的河边去钓鱼，有几位老大娘正在那里漂洗丝绵。其中有一位老大娘见韩信到了吃饭时间还坐在河边，一副饥肠辘辘的样子，知道他没有饭吃，便把自己带来的饭分给他吃。此后一连数十天都是如此。韩信非常感动，便向老大娘道谢说：“大娘，我将来一定加倍报答您！”

老大娘却生气地说：“谁稀罕你的报答呢？一个堂堂男子汉却养不活自己，我是看你可怜才给你饭吃！”

韩信听了很惭愧，立志要做出一番事业来。

当时，在韩信的家乡淮阴城，有个年轻屠户很看不起韩信。有一天，在闹市里，这个年轻屠户又碰到了韩信。他拦住韩信，轻蔑地对韩信说：“别看你身材高大，又喜欢带刀佩剑，其实你是个胆小鬼！”

韩信不搭理他。

那年轻屠户见了，又当众侮辱他说：“怎么你不吭声呢？难道你不承认吗？那好，如果你有胆量，就拔剑刺我；要是你不敢刺我，那就承认你是个懦夫，从我的胯下爬过去吧！”

围观的人都知道这人是在故意找茬羞辱韩信，不知道韩信会怎么办。只见韩信把那年轻屠户看了好一会儿，又想了一想，居然一言不发，真的低头俯身从他的裤裆下钻了过去。那人哈哈大笑，满街的人也都哄然大笑，嘲笑韩信，认为他胆小怕事、没有勇气。

后来，项梁率兵起义，韩信拔剑从军，但一直没有什么名气。项梁兵败后，韩信又跟随项羽的部队，也只做到侍郎。当汉王刘邦率兵进入蜀地时，韩信从楚军中逃出来投奔了汉军，后来终于得到萧何的赏识，被萧何全力保举给刘邦做了大将，从此一举成名，为刘邦打下了半壁江山。

垓下会战彻底打败了项羽后，刘邦封韩信为楚王。韩信到达封地，找到当年曾分给他饭吃的那位老大娘，赏给她黄金一千两作为报答。又找到那位亭长，却只赏给他一百钱，对他说：“你是个小人，做好事有始无终。”最后，他召来那位曾让他受到胯下之辱的屠户，不但不杀他，反而还任命他为楚国中尉，并对将领们说：“他是一个壮士。当时他侮辱我时，我难道真的不敢杀他吗？不是的。但我杀了他就不能成名，不能实现自己的抱负了，所以我忍辱负重而达到了现在的境地。我真该谢谢他啊，因为是他磨炼了我的意志！”

思考题

你知道描写勾践卧薪尝胆故事的对联吗？

答　案

有志者，事竟成，破釜沉舟，百二秦关终属楚。

苦心人，天不负，卧薪尝胆，三千越甲可吞吴。

小学三年级语文课本（上册）有一篇课文《独在异乡为异客》，这是王维的代表作《九月九日忆山东兄弟》这首诗中的一句。王维，字摩诘，是唐代著名诗人、画家，与孟浩然合称“王孟”，被后人尊称为“诗佛”。因王维官至尚书右丞，故世称“王右丞”。苏轼给予王维很高的评价，称赞他：“味摩诘之诗，诗中有画；观摩诘之画，画中有诗。”下面我们就来读一个关于他的小故事吧！

王维对对联

传说唐代大诗人王维，有一年进京赶考，傍晚的时候走到一处荒野，看到荒野上只有一座小茅屋，便想求宿。王维在门外敲门，敲了好半天，才有一位年轻的姑娘出来开门。

王维把要留宿的想法和姑娘说了，姑娘听了之后微微一笑，说道：“我爹爹说了，让来借宿的客人对对联，如果对上了，就可以留宿，如果对不上，恕不接待。”

王维一听，马上来了兴趣，一口答应，并且催促姑娘抓紧时间出题。

姑娘看了他一眼，轻轻吟道：“空空寂寞宅，寡寓安宜寄宾宿？”

王维一听，这个上联字字都是宝盖头，一时想不出来，觉得有点为难。

王维正在那里苦思冥想，姑娘见他不作声，就笑着对他说；“堂堂一位文人，连个对联都对不上，怎么进京赶考啊？”说着，就进去把门关上了。

王维很无奈，只好在黑暗中继续赶路。黑夜中不认识路，又是在荒郊野外，这可怎么办啊？王维很焦急，情急之中，他居然一下子想到了下联，于是，王维又急匆匆返回敲门。姑娘开门一看，见还是他，感觉有点诧异，但还是听他把话说完。

王维这次昂首挺胸，十分自信地说出了下联：“迢迢逶迤道，适逢邂逅遇迷途。”

姑娘听后，连连称妙，于是把王维迎进家中，盛情款待。

思考题

小朋友，这副对联有点难，你们读懂了吗？

答　案

这副对联的魅力不仅在于上联和下联分别由同一部首的汉字组成，而且对联完全根据当时的情景而出，读起来就像是这位少女和王维在款款对话：“先生您看，这个空空的茅屋里就住我一人，荒郊野外，让我怎么方便留宿宾客您呢？”“姑娘呀，我走了千里迢迢的路程，在这茫茫迷途中恰恰遇到了你，这真是你我的缘分，请你不要再推托我了吧！”实在是一副不可多得的妙联啊！

小学三年级语文课本（下册）有一篇课文《少年王勃》，讲述了王勃创作《滕王阁序》的故事。王勃，字子安，是唐代的大文学家，被尊称为“诗杰”。王勃与杨炯、卢照邻、骆宾王以诗文齐名，并称“初唐四杰”，而王勃更是“初唐四杰”之首。王勃的诗对后世诗人影响很深，像“海内存知己，天涯若比邻”等名篇佳句都是公认的唐诗极品，而《滕王阁序》中的“落霞与孤鹜齐飞，秋水共长天一色”更是千古绝唱。可以说，王勃从小就是一个神童，早早就显露出了他非凡的天赋。

少年王勃

王勃是“初唐四杰”中的佼佼者。他出生书香之家，从小酷爱读书，自幼遍读诗书，6岁能写诗文，9岁时就写出了《汉书注指瑕》，16岁时已蜚声文坛。

王勃有两位哥哥，也都满腹诗文，兄弟几人经常在一起谈诗论文。有一天，王勃与两位哥哥正在院子里高谈阔论，父亲的两位朝中朋友来家里做客，三兄弟便非常有礼貌地跟两位大人行礼。父亲的朋友夸王勃从小就能作诗，便问他灵感来自哪里。王勃说是因为自己书读多了，脑子比较灵活，想到什么就写什么了，并说自己的目标是学习和借鉴前人的诗文，努力开创自己的风格。两位大人听说王勃写了《汉书注指瑕》，就希望他能拿来看看。王勃先向两位大人说明了自己写作的理由，又把书拿出来给大人们看了，两位大人看后，不禁拍案叫绝，觉得王勃刚刚九岁，竟然就能指出大学问家的错误，长大以后肯定大有作为，并告诉王勃父亲，他们家里又出高人了。王勃听了两位大人的话，并没有因二位大人的称赞而骄傲自满，仍然刻苦学习，作文练笔。

有一次，家里又有客人来拜访，他们看见王勃研好墨后居然去睡觉了，都觉得非常奇怪。父亲王福畤见了，就笑着解释说："这是儿子写作的一个习惯，他往往是研好墨，上床蒙头构思，然后开始写作，一气呵成。"客人们这才明白过来，并称王勃有独到之处。父亲陪客人闲聊，不一会儿，王勃就从床上起来了，他来到书桌前，笔走如飞，居然一下子就写出了一首五言绝句。客人们过来看到王勃写的这首诗，个个惊叹不已，不禁赞叹王勃诗写得非常好，并说王勃是奇才。

公元664年，太常伯刘祥道巡行至关内，当时年仅14岁的王勃上书给刘祥道，提出了自己对治理国家的一些见解。刘祥道看到王勃的上书后，不禁赞叹王勃年纪轻轻就能提出如此治国之道，就把王勃举荐给了唐高宗。唐高宗知道了王勃的能力后，就封他为朝昔文郎。

王勃在职期间，写下了大量文章，16岁时，王勃已蜚声文坛，26岁便写下了名扬天下的《滕王阁序》。王勃以独特的诗文创作拉开了唐代文学的序幕，使光辉灿烂的唐代文学得以发扬光大，成为"初唐四杰"之首。

思考题

王勃著名的《送杜少府之任蜀州》你会背吗？

答　案

城阙辅三秦，风烟望五津。与君离别意，同是宦游人。

海内存知己，天涯若比邻。无为在歧路，儿女共沾巾。

“林暗草惊风，将军夜引弓。平明寻白羽，没在石棱中。”小学三年级语文课本（下册）有一篇课文《李广射虎》，讲的是李广力大无比，将一支白羽箭深深射入巨石之中的故事。李广，出生于名将世家，先祖是秦朝名将李信。李广身高过人，猿臂善射，英勇善战，他为人清廉，爱惜士卒，深得士兵爱戴。李广一生中抗击匈奴40多年，率领大大小小的战役70余次，颇有威名，被匈奴称为“飞将军”。下面我们就来讲一个李广智退匈奴兵的故事吧！

李广智退匈奴兵

汉武帝时，在反击匈奴侵犯掠夺的战斗中，有一位勇敢机智、善于作战、精于骑射的老将军立下过很大的功劳，他的名字叫李广。

李广打起匈奴来，箭法好，行动快，骑马奔跑像飞一样，箭射得百发百中，令匈奴贵族和骑兵闻风丧胆，谁都摸不清他打哪儿来、往哪儿去，匈奴就给他一个外号叫“飞将军”。

公元前129年，匈奴又来进犯，一直打到上谷。汉武帝派卫青、李广等四个将军，每人带一万人马，分四路去抵抗匈奴。这四个将军当中，李广年纪最大。

有一回，李广带着一百个骑兵追赶三个匈奴射手，那三人未骑马，李广带人追了几十里地才追上。李广命令他的骑兵左右散开，自己亲自射那三个人，他射死了其中的两个，把第三个活捉了。刚捆绑那个人上马，准备回营，李广突然远远望见有几千名匈奴骑兵赶了上来。匈奴骑兵看见李广，以为是引诱他们的骑兵，大吃一惊，赶紧上山摆好阵势。李广手下的兵士突然碰到那么多匈奴兵，不由得都慌了，想要快马往回跑。这时，李广镇定自若地说："现在我们距离大部队有几十里，如果我们这一百名骑兵往回跑，匈奴追赶射击我们，我们会被一网打尽。不如我们干脆停留在此处。这样，匈奴一定认为我们是大军的诱敌者，肯定不敢攻击我们。"于是，李广下令众骑兵前进到离匈奴阵地有二里地左右才停下来，并且大声命令说："都下马，把马鞍解下来！"李广的骑兵发急了，说："敌人这么多，而且离我们这么近，要是他们突然打过来，怎么办？"李广不慌不忙地说："那些敌人原本以为我们会逃跑，如今我们都解下马鞍，表示我们根本就不会逃跑，用这个办法来坚定他们的猜想。"李广和骑兵们都下了马。匈奴的将军果然害怕了，他们远远地观察汉军动静，不敢攻击，叫士兵们上山，布置抵抗的阵势。这时，有一个骑着白马的匈奴将领冲下山来，出阵来监护他们的士兵，说时迟，那时快，李广见状，立刻上马赶过去，边跑边射箭，只一箭，就把他射死了。李广调转马头往回跑，一回来，又下了马，解下马鞍，躺在地下。

匈奴兵越看越怀疑，一个个不敢轻举妄动。天渐渐地黑下来，匈奴兵始终感到奇怪，认为前面一定有埋伏，只好提心吊胆地守着山头。到了半夜，匈奴兵认为汉军有伏兵在旁边，怕汉军半夜袭击他们，于是，趁着天黑，匈奴兵就全部撤退了。等到天亮，李广一瞧，山上已没有匈奴兵，才带着一百多名骑兵安然回到大营。

思考题

你知道王昌龄的哪句诗反映了几千年来人们对飞将军李广的尊敬和喜爱吗？

答　案

“但使龙城飞将在，不叫胡马渡阴山。”

小学四年级语文课本（上册）有一篇课文《但愿人长久》，讲述了宋代词人苏轼创作《水调歌头》的经过。苏轼，字子瞻，号“东坡居士”，作诗名列唐宋八大家之首，作词与辛弃疾并为双绝，书法与绘画也都独步一时。其实，苏轼不仅是北宋著名的文学家、书画家、诗人，在饕餮美食上也很有一手，他还是一个鼎鼎大名的美食家呢！下面我们就来读几个苏轼和美食的故事吧！

东坡肉

苏东坡的烹调，以红烧肉最为拿手。他曾作诗介绍他的烹调经验是：“慢著火，少著水，火候足时它自美。”不过，烧制出被人们用他的名字命名的“东坡肉”，据传那还是他第二次回杭州做地方官时发生的一件趣事。

苏东坡在杭州做刺史的时候，治理了西湖，替老百姓做了一件好事。他发动数万民工除葑田，疏湖港，把挖起来的泥堆筑了长堤，并建桥以畅通湖水，使西湖秀容重现，又可蓄水灌田。这条堆筑的长堤，改善了环境，既为群众带来水利之益，又增添了西湖景色。后来形成了被列为西湖十景之首的“苏堤春晓”。

西湖治理之后，四周的田地就不怕洪涝也不愁干旱了，这一年又风调雨顺，杭州四乡的庄稼得了个大丰收。老百姓感谢苏东坡治理西湖的好处，到过年的时候，大家就纷纷抬猪担酒来给他拜年。

苏东坡收下了很多猪肉，就叫人把它切成方块，用他的烹调方法烧制，烧得红红的，连酒一起，然后再按治理西湖的民工花名册分送到每家每户，每家一块，将肉分送给他们过年。可是，他的家人在烧制时，把“连酒一起送”领会成“连酒一起烧”，结果烧制出来的红烧肉，更加香酥味美，食者盛赞苏东坡送来的肉烧法别致，可口好吃。

众口赞扬，趣闻传开，那时，杭州有家大菜馆，菜馆老板见人们都夸说“东坡肉”，就和厨师商量，把猪肉切成方块，烧得红酥酥的，挂出牌子，也取名为“东坡肉”。

这只新菜一出，那家菜馆的生意就兴隆极了，从早到晚顾客不断，每天杀十头大猪还不够卖呢，别的菜馆老板看得眼红，也学着做起来，一时间，不论大小菜馆，家家都有“东坡肉”了。后来，经过公认，就把“东坡肉”定为杭州的第一道名菜。

除了广为人知的东坡肘子外，苏东坡还擅长烧鱼，他烹制的鱼堪称一绝。

有一天，苏轼雅兴大发，亲自下厨做鱼，鱼刚刚烧好，苏轼隔着窗户看见黄庭坚进来了，知道他又是来蹭饭借油的，于是慌忙把鱼藏到了碗橱顶部。

黄庭坚进门就道：“今天向子瞻兄请教，敢问苏轼的‘苏’怎么写？”

苏轼拉长着脸回应：“苏者，上草下左鱼右禾。”

黄庭坚又道：“那这个鱼放到右边行吗？”

苏轼道："也可。"

黄庭坚接着道："那这个鱼放上边行吗？"

苏轼道："哪有鱼放上面的道理？"

黄庭坚一听，便指着碗橱顶，笑道："既然子瞻兄也知晓这个道理，那为何还把鱼放在上面？"

一向才思敏捷的苏轼，这次被黄庭坚整了个十足十，只好无可奈何地把鱼端出来，和黄庭坚共享了。

苏轼二十岁的时候，到京师去赶考。有几个自负的举人看不起他，就决定备下酒菜请苏轼赴宴，打算趁机戏弄他。苏轼接邀后欣然前往。

入席还没动筷子，一举人提议行酒令，酒令内容必须要引用历史人物和事件，这样就能独吃一盘菜。其余五人听了，齐声叫好。

"我先来。"年纪较长的举人说："姜子牙渭水钓鱼！"说完，捧走了一盘鱼。

"秦叔宝长安卖马。"第二位神气地端走了马肉。

"苏子卿贝湖牧羊。"第三位毫不示弱地拿走了羊肉。

"张翼德涿县卖肉。"第四个急吼吼地伸手把肉扒了过来。

"关云长荆州刮骨。"第五个迫不及待地抢走了骨头。

"诸葛亮隆中种菜。"第六个傲慢地端起了最后一盘青菜。

菜全部分完了，六个举人兴高采烈地正准备边吃边嘲笑苏轼时，苏轼却不慌不忙地吟道："秦始皇并吞六国！"说完把六盘菜全部端到自己面前，微笑道："诸位兄台请啊！"

六举人顿时呆若木鸡。

思考题

苏轼有一首和江南有关的词《念奴娇·赤壁怀古》，你会背吗？

答　案

念奴娇·赤壁怀古

苏　轼

大江东去，浪淘尽，千古风流人物。
故垒西边，人道是，三国周郎赤壁。
乱石穿空，惊涛拍岸，卷起千堆雪。
江山如画，一时多少豪杰。
遥想公瑾当年，小乔初嫁了，雄姿英发。
羽扇纶巾，谈笑间，樯橹灰飞烟灭。
故国神游，多情应笑我，早生华发。
人生如梦，一尊还酹江月。

小学四年级语文课本（上册）有一篇课文《虎门销烟》，讲述了民族英雄林则徐为民除害，虎门销烟的经过。林则徐是清朝时期的政治家、思想家和诗人，他立志禁烟，曾立下："若鸦片一日未绝，本大臣一日不回！"的豪言壮语，他那种堂堂正正做人的品格和廉洁正派的作风，更值得后人久久怀念。

不好对付的林则徐

林则徐五十三岁那年，道光皇帝派他到广州担任湖广总督，负责查禁鸦片。林则徐来到广州以后，一些外国人，总想找机会摸摸林则徐的底细。

有一次，英国商务代表义律邀请林则徐到他的私邸参加宴会，并将一只精致的方盒子送给林则徐，笑着说："请大人笑纳我们的小小见面礼。"林则徐接过来打开一看，大红软缎衬垫上放着一套鸦片烟具：白金烟管，秋鱼骨烟嘴，钻石烟斗，旁边是一盏雅致的孔明灯和一把金簪，光彩夺目，起码值 10 万英镑。林则徐一本正经地道："义律先生，本部堂奉皇上旨意，到广州肃清烟毒。这套烟具属于违禁品，本当没收，但两国交往，友谊为重，请阁下将烟具带回贵国，存入皇家博物馆当展品吧！”义律被讽刺得无地自容，只好将礼品收回。

还有一次，英国领事查理设宴，邀请林则徐参加。宴会快结束时，送上来的最后一道点心，是甜食冰淇淋。那时候，冰淇淋还很罕见，一般人都没见过。林则徐见冰淇淋冒着气，以为很烫，送到嘴边，还用嘴吹了吹。在座的外国人看见了，便趁机哄笑起来。林则徐受到侮辱，心里非常生气，但是他压住怒火，装作毫不在意地说：“这道点心，外面像在冒热气，其实是冷冰冰的。今天，我算是上了一次当。”

过了些日子，林则徐在总督府设宴请客，回敬上次参加宴会的那些外国人。宴席上，端上来一道道中国名菜，每一道都鲜美可口，令人回味无穷。那些外国人，一个个张大嘴巴，狼吞虎咽，他们一边吃喝，一边赞不绝口。酒足饭饱之后，有个外国人摸了摸肚子，遗憾地说：“中国菜，真是好吃得没话可说，只可惜少了一道甜食。”

“有！”林则徐听了，便吩咐道：“上甜食！”

话音刚落，一盆槟榔芋泥端上来了。外国人见是甜食，便举起汤匙，兴冲冲地舀着往嘴里倒。这一下，可够那些外国人受得了。只见他们一个个“啊——”，“啊——”地嚷成一片，喉咙里比卡着鱼骨还难受。他们有的挥起手，想伸进嘴巴里抓；有的按住嘴，泪水直淌；有的吞也不是，吐也不是，一个个洋相出尽，狼狈不堪。

这时，林则徐不动声色，若无其事地说：“这道甜品是我家乡福建的名菜，叫槟榔芋泥。这甜食，看上去外面冰冷，内里却滚烫非常，正好和似热实冷的冰淇淋相反。吃的时候，性急不得，性急了就要烫了喉咙！”

外国人听了，瞪圆了蓝眼睛，个个呆若木鸡。他们这才感到林则徐不是个好对付的中国官员。

思考题

你知道鸦片战争是哪一年爆发的吗？

答 案

第一次鸦片战争爆发于 1840 年 6 月，这是中国历史上的大事。鸦片战争始于 1839 年 6 月的虎门销烟，随后英国发动侵略战争。后因战事不利，道光帝派直隶总督琦善与英国议和，签订了中国历史上第一个不平等条约《南京条约》。从此，中国开始走向半殖民地半封建社会。

聆听经典

小学四年级语文课本（上册）有一篇课文《李时珍夜宿古寺》。李时珍是明代杰出的医药学家，他出生在一个医学世家，祖父、父亲都是医生。李时珍自幼就喜欢医学，长大后当上医生，并钻研医学，成为中国伟大的医药学家。那么，李时珍是因为什么而立志修订《本草纲目》的呢？我们一起去看看吧！

李时珍和《本草纲目》

李时珍 20 岁那年，蕲州发生了一场严重的水灾。滔滔洪水如猛兽一般冲垮了江堤，蕲河两岸的千顷良田顿时化作一片汪洋。乡亲们流离失所，到处是哭声一片。洪水刚过，瘟疫开始蔓延，病魔无情地吞噬着无辜的生命。李时珍目睹这样的惨景，心如刀绞，和父兄一道，没日没夜地救护着病人，不知把多少濒临死亡的人从死神手中抢了回来。

有一天，李时珍正在诊病，突然一帮人闹闹嚷嚷地拉着一个江湖郎中涌进了诊所。为首的年轻人愤愤地叫道："李大夫，你给评评理！我爹吃了这家伙开的药，病没见好，反倒重了。我去找他算账，他硬说药方没错。我们信得过你，你给看看。"说着，就把给父亲煎药的药罐递了过来："喏，这就是药渣。"李时珍抓起药渣，一一仔细闻过，又放在嘴里嚼嚼，自言自语道："这是虎掌啊！"那江湖郎中一听"虎掌"二字，慌忙分辩说："我绝对没开过这味药！"

"那肯定是药铺弄错了！"年轻人说着，就要往门外冲。

李时珍连忙拉住他，说道："别去了，这是古医书上的错误。就以《日华本草》的记载来说，就把漏蓝子和虎掌混为一谈了！"

"对，我开的是漏蓝子！"江湖郎中急急地插了一句。

"是啊，药铺有医书为据，打官司也没用。"众人慨叹了一阵，只得把江湖郎中给放了。

过了不久，又有一位医生为一名精神病人开药，用了一味叫防葵的药，病人服药后很快就死了。还有一个身体虚弱的人，吃了医生开的一味叫黄精的补药，也莫名其妙地送了性命。原来，几种古药书上，都把防葵和狼毒、黄精和钩吻说成是同一药物，而狼毒、钩吻毒性都很大，人吃了怎能不送命呢？这一桩桩、一件件药物误人的事，在李时珍心中激起了巨大的波澜。毫无疑问，古医药书籍蕴含着丰富的知识和宝贵的经验，但也确实存在着一些漏误。若不及早纠正，医药界以它们为凭，以讹传讹，轻者会耽误治病，重者要害人性命啊！

深夜，月光如水，烛光摇曳。李时珍和父亲在灯下倾心而谈。听了儿子的一番宏论，父亲语重心长地说："你想重修《本草》的想法不错，可是难啊！这需要大量的人力和财力，恐怕只有朝廷才有这么大的力量。何况，关于草药的书，相当繁杂，你虽然读了一些，可研究得还很不够，远远不能适应修书的要求。还是先在读书上狠下一番功夫吧，你说是不是？"

父亲的话，犹如一盏明灯，照亮了李时珍的心。在以后的10年中，李时珍全身心地沉浸在浩如烟海的医书宝库中，熟读了《内经》《本草经》《伤寒论》等许多古典医籍，还阅读了历代名家的著述和大量关于花草树木的书籍，单是笔记就装了满满几柜子，为修订《本草》积累了许多珍贵资料。

后来，李时珍又走出家门，深入山间田野，实地对照，辨认药物。除湖广外，李时珍先后到过江西、江苏、安徽、河南等地，足迹遍及大江南北，行程达两万余里。那些种田的、捕鱼的、打柴的、狩猎的、采矿的，无不是他的朋友和老师，为他提供了书本上不曾有过的丰富药物知识，为修订《本草》积累了许多实践经验。

思考题

你知道“医圣”是指谁吗？

答　案

东汉末年著名医学家张仲景，被称为“医圣”。他写出了传世巨著《伤寒杂病论》。

小学四年级语文课本（下册）有一篇课文《三顾茅庐》，讲述了刘备三次登门拜访诸葛亮，终于以自己的诚心感动了诸葛亮，请得诸葛亮出山辅佐他成就统一天下的大业的故事。诸葛亮字孔明，号“卧龙居士”，他足智多谋，精通兵法，善用计谋，是三国时期蜀国丞相，中国历史上著名的政治家、军事家、书法家、散文家、发明家。下面我们就来读一个著名的诸葛亮草船借箭的故事。

诸葛亮草船借箭

三国时期，曹操率领八十万大军想要征服东吴。孙权、刘备听说后，便打算联手抵挡曹军。

当时，孙权手下有位大将叫周瑜，智勇双全，可是心胸狭窄，很妒忌诸葛亮的才干。因为水中交战需要箭，周瑜便刁难诸葛亮，要诸葛亮在十天内负责赶造十万支箭。哪知诸葛亮却说，只要三天就能造出十万支箭来，还愿立下军令状，完不成任务甘受处罚。周瑜心想：三天之内根本就不可能造出十万支箭，正好利用这个机会来除掉诸葛亮。于是，周瑜一面叫军匠们不要把造箭的材料准备齐全，另一方面叫大臣鲁肃悄悄去探听诸葛亮的虚实。

鲁肃见了诸葛亮。诸葛亮说："这件事要请你帮我的忙。希望你能借给我 20 只船，每只船上 30 个士兵，船要用青布幔子遮起来，还要一千多个草靶子，排在船的两边。不过，这事千万不能让你家都督知道，否则就不灵了。"

鲁肃回去报告周瑜，只告诉周瑜，诸葛亮不用准备的材料，绝口不提诸葛亮的计划。

两天过去了，诸葛亮这边还是一点动静也没有。周瑜开心地想：诸葛亮肯定是造不好了。

第三天四更时候，诸葛亮秘密地请鲁肃一起到船上去，说是一起去取箭。鲁肃来到船上，只见诸葛亮正吩咐士兵把船用绳索连起来向对岸开去。

这一天，江上大雾迷漫，对面都看不见人。当船靠近曹军水寨时，诸葛亮命船一字摆开，然后叫士兵擂鼓呐喊，摆出要攻击的架势。曹操看不清对方的虚实，以为对方前来进攻，又因雾大怕中埋伏，于是就赶紧从旱寨派了六千名弓箭手朝江中放箭，顿时，雨点般的箭纷纷射出，密密麻麻地射在船上的草靶子上。只一会儿，草靶子上就插满了箭。过了一会儿，诸葛亮见差不多了，又命船掉过头来，让另一面受箭。

太阳出来了，雾要散了，诸葛亮命船赶紧往回开。此时顺风顺水，曹操虽然发现自己上当了，却想追也来不及了。这时，船两边草靶子上密密麻麻地插满了箭，每只船上至少有五、六千支箭，总共有 20 条船，总数远远超过了十万支。

回到军营，鲁肃把诸葛亮借箭的经过告诉了周瑜，周瑜听了，长叹一声说："诸葛亮神机妙算，我不如他。"

思考题

你知道中国四大名著和欧洲四大名著分别是指哪四本书吗?

答 案

中国的四大名著是《三国演义》(罗贯中)、《水浒传》(施耐庵)、《西游记》(吴承恩)、《红楼梦》(作者前八十回曹雪芹，后四十回高鹗)。欧洲的四大名著是《荷马史诗》(是流传的民间诗歌，相传由荷马整理，作者一般都说是荷马)、《神曲》(意大利的但丁)、《哈姆雷特》(莎士比亚)、《浮士德》(歌德)。

小学四年级语文课本（下册）有一篇课文《公仪休拒收礼物》，讲的是清正廉洁的公仪休好吃鱼，却拒收鱼的故事。其实，在中国历史上，像公仪休这样两袖清风，一身正气的人比比皆是，明朝著名的民族英雄和诗人于谦就是其中的一个。

两袖清风的于谦

于谦是我国明代有名的清官，深得老百姓的爱戴，被人们尊敬地称为“于青天”。

于谦 60 岁寿辰那天，前来送礼的人络绎不绝。于谦却叮嘱管家，一概不收寿礼。

皇上因为于谦忠心报国，战功卓著，派人送了一只玉猫金座钟。谁知管家根据于谦的叮嘱把送礼的太监拒之门外。太监有点不高兴了，就写了“劳苦功高德望重，日夜辛劳劲不松。今日皇上把礼送，拒礼门外情不通”四句话，叫管家送给于谦。于谦见了，在下面添了四句：“为国办事心应忠，做官最怕常贪功。辛劳本是分内事，拒礼为开廉洁风。”太监见于谦这样坚决，无话可说，只好无可奈何地回去向皇上复命了。

不一会儿，于谦的同乡好友，和于谦一起做官的郑通也来送礼了。于谦又写了四句话：“你我为官皆刚正，两袖清风为黎民。寿日清茶促膝叙，胜于厚礼染俗尘。”郑通见了，十分敬佩，于是叫家人带回礼物，自己进门与于谦叙谈友情。

于谦正和郑通谈得开心，管家进来通报，说有一个叫“黎民”的人送来了一盆万年青，还让管家带来一首诗：“万年青草情义深，长驻山涧心相关。百姓常盼草常青，永为黎民除贪官。”于谦见后，亲自出门迎接，郑重地接过那盆万年青，高声咏唱了一首诗：“一盆万年情义深，肝胆相照万民情。于某留作万年镜，为官当学万年青。”

于谦办事铁面无私，清正廉洁，从不接受任何人的贿赂，渐渐地得罪了朝廷中的一些贪官。皇帝也觉得于谦不通人情，不把皇上放在眼里，心中老是不快，于是在贪官的诬陷下，皇帝寻个罪名，罢了于谦的官，还要问他的罪。于谦在牢里写下了流传千古的诗句：“千锤万凿出深山，烈火焚烧若等闲。粉骨碎身全不怕，要留清白在人间。”以此表明自己一生清白，不同流合污的志向。

思考题

你知道“两袖清风”这个成语是怎么来的吗？

答 案

明朝正统年间，宦官王振以权谋私，每逢朝会，各地官僚为了讨好他，多献以珠宝白银，只有巡抚于谦每次进京奏事，总是不带任何礼品。他的同僚劝他说：“你虽然不献金宝、攀求权贵，也应该带一些著名的土特产，如线香、蘑菇、手帕等物，送点人情呀！”于谦听了，笑着举起两袖，风趣地说：“带有清风！”以示对那些阿谀奉承之贪官的嘲弄。两袖清风的成语从此便流传下来。

小学五年级语文课本（上册）有一篇课文叫《推敲》，讲的是“唐宋八大家”之一的韩愈和“苦吟诗人”贾岛之间的一段佳话。其实，贾岛因为写诗，不只冲撞过一次当时市长的大驾，不过好在他福大命大，两次都得以逢凶化吉，最终把坏事变成了好事。

福大命大的贾岛

说起历史上写诗最苦的诗人，也许就是贾岛了！因为在走路的时候，脑子里琢磨诗，不注意看路，贾岛曾经惹过两次事，两次冲撞了大官。

第一次，贾岛骑着毛驴横穿马路，眼见秋风扫落叶，顿时诗兴大发，当即吟诵道：“落叶满长安，秋风吹渭水”。正在贾岛为第三句诗苦思冥想之时，京兆尹刘栖楚的车队来了。那时候，大官出行，行人得避让。贾岛一心专注在诗句上，根本没注意到对面有车队，身下的毛驴坐骑听到阵阵锣声，吓得狂奔起来，结果冲撞了京兆尹刘栖楚的仪仗队。这还了得？再一看驴背上坐着的人，目光呆滞，行为怪异，莫非是刺客不成？于是，京兆尹大人下令将“犯罪嫌疑人”贾岛抓起来关了一夜，以儆效尤。

可是，这贾岛一点也不长记性，第二次，贾岛还是一边骑驴走路一边琢磨诗，又一次冲撞了大官的仪仗，这也就是我们书上写的《推敲》的故事。原来当时贾岛一门心思吟诵着“闲居少邻并，草径入荒园。鸟宿池边树，僧推月下门”，念着念着，竟然忘乎所以起来，在毛驴上手舞足蹈，做着动作，根本没意识到这鸣锣开道的喧闹声是有大人物来了。不过，这次冲撞的大官换成了韩愈，他对“肇事者”的态度也与刘大人截然不同。当韩愈得知贾岛误闯仪仗是因为“推敲”诗句的时候，不禁对贾岛怜惜起来，顿时与贾岛有了共同语言，竟然为他“出谋划策”起来了。

当时的韩愈已是享誉全国的著名文学家和哲学家，又是写诗的前辈，贾岛见到韩愈，犹如粉丝见到偶像，自然激动不已、欣喜万分。韩愈见贾岛行路之时，还不忘推敲诗句，极为感动，他想：此人做学问竟然有如此孜孜不倦的态度，实在难能可贵，这不正和我的“业精于勤，荒于嬉；行成于思，毁于随”的理论不谋而合了吗？于是，韩愈对贾岛说：“凭借多年的写诗经验，我觉得将‘推’改为‘敲’更为贴切。一来在夜深人静之时，‘敲’字多了几分声响，二来这样能引起主人的注意。同时，用‘敲’字也显得更有礼貌些，你想想，如果随手推开人家门就登堂入室，那多不好啊！当然了，这是我的一家之言，仅供你参考。”贾岛听了，高兴地对韩愈道：“前辈此言，既有道理，让我如醍醐灌顶，豁然开朗。多谢！多谢！”

从此，韩愈与贾岛两人成了诗友，而“推敲”的故事也成了一段佳话，广为流传下来。

思考题

贾岛有一首耳熟能详的古诗《寻隐者不遇》，你会背吗？

答　案

寻隐者不遇

贾　岛

松下问童子，言师采药去。

只在此山中，云深不知处。

小学五年级语文课本（上册）有一篇课文《成语故事》，其中有一个故事叫《画龙点睛》，讲的是张僧繇给壁画上的龙点上眼睛，霎时间，电闪雷鸣，龙腾空而去的故事。其实，在中国历史上，还有一位著名的画家，因为画艺高超，被后人尊称为“百代画圣”，他就是唐代著名画家吴道子。下面我们就来读一个关于他的小故事。

吴道子画虎

唐朝时，许昌称许州，城西北角有一汪湖水，俗称“小西湖”。每到夏天，岸边垂柳成荫，湖中荷花盛开，九曲石桥连着湖心凉亭，不但风景秀丽，也是消暑胜地，不少文人雅士常到这里流连观赏，吟诗作画。

大画家吴道子本是禹州人，他的画天下闻名。那真是画鱼鱼戏水，画鸟空中飞，画的树能结果，画的叫驴会拉磨，人们都称他为“画圣”。

有一年，皇帝把吴道子请到京里，让他在宫中作画。画一幅天子行乐图，画上的美女飘飘欲仙；画一幅百官侍宴图，那杯中美酒，好像要流出来一样。文武百官见了，都交口称赞。皇帝也十分欢喜，要封吴道子做大官，让他留在宫中。可吴道子一心记挂着乡亲父老，不愿留在宫里，他辞谢了皇上，仍穿着旧布衣、草鞋回到家乡。

禹州本和许州搭界，吴道子回家时正巧路过许州小西湖，见这里风光宜人，是个作画的好地方，便爱上了这里，在小西湖附近住了下来。他每天到湖边，或观景作画，或和友人谈古论今。他为人和善，从不摆架子，和邻里乡亲处得很好，每天都过得逍遥自在。

有一天，吴道子在小西湖岸边靠近大路的一座小桥上歇息。这时，正是傍晚，晚霞如火，清风徐来，湖面上波光粼粼，令人心旷神怡。吴道子正入神地揣摩着一幅小西湖落照图，只见一个老汉急匆匆地走来，劝他赶快回家，说是最近有一伙歹人，夜聚明散，拦路抢劫，桥头成了是非之地。说完，他就慌忙走了。吴道子听后微微一笑。他略一沉吟，便不慌不忙，从怀中取出画笔和颜色，在桥头山石上画了一幅画。

第二天，许州城内外便传开了，说是夜里桥上卧了一只斑斓猛虎。那虎两眼放光，像两盏灯笼；张着血盆大口，明晃晃一对虎牙，像两把利剑；尾巴一竖，像立着一根旗杆。这事儿一传十，十传百，传遍了附近村庄，人人谈虎色变。

有几个胆大的后生听说了这件事，就自告奋勇，带着刀枪弓箭，成群结队，吆吆喝喝地要到桥上看个究竟。远远的，果然看见一只猛虎正张牙舞爪，威猛异常。这伙人弓上弦，刀出鞘，大气也不敢出，慢慢地摸到跟前，仔细一瞅，却原来是一幅画。这画画得也太像了，看着比真老虎还吓人。顿时，人人点头咂舌，惊叹不已。

忽然，从人群中走出个老汉，他呆愣愣地看了一会儿画，猛然想起，昨晚上吴道子走得最晚，便捋着胡子哈哈大笑道："这准是'画圣'吴道子画的，是吓那伙歹人的。"他一边笑着，一边十分得意地把昨晚上遇见吴道子的情景，一五一十说给众人听。

这样一讲，消息不胫而走，越发传得远了。方圆几十里的老百姓，扶老携幼，成群结队，争先恐后地来看这只“虎”。嘿！大白天还虎视眈眈令人胆寒，别说夜里，不吓掉魂才怪哩！那伙儿歹人心虚，听说有虎，便逃走了。

思考题

你知道《画龙点睛》这个故事出自哪本书吗？

答　案

《历代名画记》

小学五年级语文课本（上册）有一篇课文《厄运打不垮的信念》，讲述了明末清初的史学家谈迁，面对书稿被偷的厄运，重新撰写了一部更加翔实、精彩的《国榷》的经过。谈迁一生未曾做官，靠替人抄写、代笔或做秘书来维持生活。他不计报酬，不慕虚名，贫寒一生，是一位很有骨气、很有节气、很有使命感和责任感的史学家，十分令人敬佩。下面我们就来读一个和谈迁写《国榷》有关的小故事。

谈迁借书

明朝末年，有一位历史学家叫谈迁，从年轻时起，谈迁就立志要编写一部真实的明朝史书，并拟定书名为《国榷》。

要想撰写出翔实可信的史书，不仅需要广泛地搜集史料，而且需要众多的参考书。可是谈迁家贫，有时甚至食不果腹，哪里有钱买书呢？谈迁只能想方设法向别人借书读，并不怕辛苦，把书上有用的资料都抄写下来。当时，有一部名叫《明实录》的书，据说记载着许多明朝的事情，谈迁早就想研读，可此书不容易找到。那年初秋，谈迁听说外地一个姓刘的大户人家藏有这部书，非常高兴，就连忙雇了一头毛驴去求借。

谈迁一路上骑着毛驴，风餐露宿，吃尽了辛苦，终于，一天太阳落山时，谈迁到达了这户人家。谈迁说明了来意，管家就领他进屋去见老爷。

谈迁走进大堂，只见一位银须垂胸的老者正端坐在太师椅上，目光炯炯地审视着他。

“刘老爷在上，小生谈迁有礼了。”谈迁毕恭毕敬地深深施了一礼，朗声说道：“听说老爷家藏着一部《明实录》，颇为珍贵。小生一直想要撰写一部明史专著《国榷》，现在正在搜集史料，《明实录》不可不读，所以特来贵府拜访求借，望老爷赐教。”

这位刘老爷早年为官，眼看明王朝风雨飘摇，便辞职返乡隐居，平生看重学问，爱结交有真才实学的人。刘老爷见谈迁年纪轻轻，却胸怀大志，打心眼里喜欢，但他又怕谈迁是个花拳绣腿浮躁轻狂的水货，便决定要试试他的深浅。

刘老爷也不搭话，手捻银须，吟出一句：“老朽眼拙，不识远足，寒舍三尺难盈步。”

谈迁心里明白刘老爷对自己怀有戒意，特意出一副上联探试，就诚挚地对道：“小生志专，为著明史，奇书一部便称心。”

刘老爷听了，沉吟片刻，又出一句：“日月连贯，金光银辉照河山，汗青谁主沉浮。”

谈迁稍微思考了一下，对道：“笔墨相濡，言舌誓辞凝文字，国榷力求囫囵。”

刘老爷吩咐家人上茶，随口吟道：“一杯清茶待贤才，二话不说让藏书，三生有幸遇知音，四季往复览史册。”

谈迁深深鞠躬谢过刘老爷，满怀感激地应对：“十年寒窗磨秃笔，百里何以隔志缘，千头无绪求精华，万事纷纭润心扉。”

“管家，去书房把《明实录》拿来，借给这个后生吧。”刘老爷面露悦颜，起身抱拳，一边转向后堂，一边咏诵：“君子之交淡如水，吃喝为俗，才学为雅，吾望汝专心立著。”

“承蒙老爷教诲，小生当不遗余力，完成鸿志。”谈迁再次躬身长拜，目送着刘老爷，充满自信地告别道：“史书之贵在于实，篡改是罪，褒贬是非，自律者微功流芳。”

谈迁借到《明实录》，返回家中后，花几年时间抄完这部篇幅庞大的明朝史料书，为编著《国榷》奠定了坚实的基础。

思考题

谈迁撰写《国榷》的故事给了你怎样的启示？

答　案

在漫长的人生旅途中，难免有崎岖和坎坷，但只要有厄运打不垮的信念，希望之光就会驱散绝望之云。

小学五年级语文课本（上册）有一篇课文《林冲棒打洪教头》，出自中国著名古典小说《水浒传》。林冲、武松、宋江、史进、鲁智深等，都是《水浒传》中的经典人物形象。鲁智深，本名鲁达，绰号“花和尚”，法名智深，因为当过提辖，所以又称鲁提辖。鲁智深身长八尺，长得面阔耳大、鼻直口方，为人慷慨大方，疾恶如仇，豪爽直率，但粗中有细，在梁山泊一百单八将中排第十三位。下面我们就来读一个和课本中《林冲棒打洪教头》一样精彩的故事。

鲁提辖拳打镇关西

北宋年间，好汉九纹龙史进来到渭州，结识了鲁达鲁提辖，两人意气相投，一起去喝酒。路上，又遇见了好汉李忠，于是就三个人一起去喝酒。

到了酒馆，刚喝了没几杯酒，就听隔壁传来一阵阵啼哭声。听了一会儿，鲁达心里烦躁，把手里的酒碗往地下一摔，对酒保说：“那是谁在隔壁打扰我喝酒，你把他们给我叫过来。”片刻，酒保带进一个白头老翁，还有一个十八九岁的女子，原来就是他们在隔壁哭泣。鲁达让他们别哭了，有什么委屈说出来听听，那女子这才把事情一五一十说了出来。

原来，父女二人姓金，女儿名叫金翠莲，是汴京人，和父母来到渭

州投亲靠友，没想到亲戚家搬到别处去了，母亲在此地病死了，父女二人回不去家，只好在酒楼卖唱。有个“镇关西”郑大官人，看到金翠莲有些姿色，就强行找媒人做媒，纳她为妾，还写了三千贯彩礼钱的文书。可这三千贯钱，一文都没有给。金翠莲嫁到郑大官人家不满两个月，就被他老婆赶了出来，还追着讨要彩礼钱。老父亲当初连一文钱也没得到，如今哪里有钱还他。不得已，父女二人只好在酒楼卖唱，每天的收入被郑家人拿走大半，这几天酒客稀少，赚不到钱，父女俩想到又要受郑家人打骂，又伤心又害怕，这才哭了起来。

鲁达说：“不就是那个卖肉的泼皮，还好意思称‘镇关西’，你们等着，我去教训他后就来。”说完拔脚就要出门。史进和李忠赶忙拦住，劝了半天才又坐下。鲁达从身上掏出所有的银子，又让史进和李忠凑了些，凑足十五两银子，给了金翠莲父女，让他们第二天一早回汴京去。

送走了金翠莲父女，鲁达越想越生气，快步来到状元桥。到了郑屠户的肉铺前，郑屠户正坐在里面喝茶。看到鲁达来了，郑屠户赶忙起身，笑脸相迎，招呼伙计搬了个凳子给鲁达坐。鲁达不动声色坐下说道：“奉经略大人之命，来买点肉，要十斤精肉，半点肥肉也不要有，细细剁成肉酱。”郑屠户说：“那好办，提辖稍坐，我让伙计们立刻去办。”鲁达说：“不，你亲自来剁。”郑屠户选了十斤上好精肉，一点肥的也没有，细细地剁成肉酱，直忙活了半个时辰，这才弄好，包在荷叶里，让伙计给经略府送去。鲁达说：“先别送，再要十斤肥的，半点精肉也不要有，细细剁成肉酱。”郑屠户说：“瘦肉馅可以包馄饨用，肥肉馅用来干什么呀？”鲁达说：“大人吩咐，谁敢问他，让你剁你就剁好了，问那么多干什么？”郑屠户没办法，又细细剁了十斤肥肉馅包好，这一趟又是半个时辰，搞得身上大汗淋漓。鲁达又说：“还要十斤寸金软骨，半点肉也不要，细细剁碎。”郑屠户笑着说：“提辖不会是来捉弄在下的吧。”鲁达拿起剁好的两包肉馅说道：“洒家就是来捉弄你的。”说着，把肉馅往郑屠户脸上一扔，就好像下了一阵“肉雨”。郑屠户心头火起，操了一把尖刀，恶狠狠扑过来。鲁达一把擒住他手腕，一脚踢在小肚子上，郑屠户扑通一下倒在地上。鲁达用脚踩住郑屠户胸膛，骂道：“你这狗一样的人，也敢叫镇关西，你是怎么骗了金翠莲的。”说着，一拳打在郑屠户鼻子上，就好像开了个油盐铺，酸甜苦辣都冒出来了。郑屠户手里的刀也扔到一边，嘴里大叫：“打得好。”鲁达说：“还敢应声，没打够你。”照准眼上又是一拳，这次好像开了个染坊，红的黑的紫的都冒了出来。这回郑屠户开始求饶了。鲁达说：“你不求饶，硬到底，洒家就不打你了，求饶还打。”说着，又是一拳打在太阳穴上，这次就像开了个乐器铺，锣鼓铙钹一齐响。郑屠户挺在地上，一下子不动弹了。鲁达说：“你这家伙装死，洒家还打。”正提拳要打，看见郑屠户脸色渐渐变了，果然被打死了。鲁达寻思：“这小子不禁打，看来要吃官司了，还没人给送饭，不如趁早撤退。”心里想着，鲁达站起身来，大步离开，一边走，一边回头喊道：“你这小子装死，回头再找你算账。”

鲁达回到家里，收拾了些衣服，拿了一条齐眉棍，出了南门，一溜烟走了。外面官兵搜捕，鲁达无处可去，只好跑到五台山出家避难，起法名智深。但他生性豪爽，喜好饮酒吃肉，耐不住清规戒律，没几天就因喝酒闯下大祸。寺院主持给汴京大相国寺主持写了一封信，让鲁智深去那里修行。

思考题

你还读过《水浒传》中的哪些经典故事？

答　案

武松打虎、杨志卖刀、林冲雪夜上梁山、鲁智深倒拔垂杨柳小学语文课本上收录了许多李白的诗，如：《静夜思》《望庐山瀑布》《早发白帝城》等，都是同学们耳熟能详的诗句。李白，字太白，号青莲居士，是中国文学史上最为杰出的浪漫主义诗人。他的诗雄奇豪放，把我国古代的诗歌创作推向了高潮，对后世有极大的影响，被后人尊称为“诗仙”。《蜀道难》《梦游天姥吟留别》《将进酒》等都是千古传诵的名篇。下面就让我们走近这位大诗人，去多了解了解他吧！

天上谪仙人

李白一生，特别喜欢游历。他的足迹曾经到过许多地方，结识了许多知名人物，也写下了很多动人的诗篇。三十岁那一年，李白来到了京城长安。

长安是当时唐朝的政治和经济文化中心，十分繁华。李白在长安拜访了一些大官和名人，希望通过他们的推荐，得到朝廷的重用。但是，他受到了冷遇，并没有得到任用。李白的才能和抱负无法施展，心里十分苦闷。

有一天，李白和一位朋友一起到紫极宫去游玩。刚进门，迎面碰到一位白胡子老人。朋友连忙向李白介绍说，这就是著名的诗人和书法家贺知章，是当今太子的老师。

"后生李白，久闻大名，景仰得很！"李白兴奋地说。

贺知章也曾经听说过李白的名号，现在亲眼看到这位年轻人仪表堂堂，相貌不凡，也十分欢喜，忙把李白带到一座酒楼上，打算和他饮酒畅谈，可当他掏钱买酒的时候，才发现身上竟然一文钱也没带。

于是，贺知章把衣带上的金龟解下来，交给侍者说："就用它换酒吧。"

"贺老，这是皇家按官级大小给的装饰品，怎么好去换酒呢？"李白见了，连忙劝阻说。

贺知章听了李白的话，爽朗地大笑起来，说："这有何妨！老夫今天忘了带钱，没酒喝，哪能谈个痛快呢？"

李白一摸身上，居然也没带钱，只好听从。

酒过三巡。贺知章问："太白君，近来不知有何诗作，可以让我看看吗？"

李白从怀里掏出一卷诗稿，说："这是我最近写的诗，请您多多指教。"

贺知章打开诗稿，抑扬顿挫地念出：《蜀道难》。他边念，边不住点头称好。等到念完全篇，他激动地竖起大拇指，赞叹说："这诗气势雄伟，真可谓惊天地泣鬼神了。"

这时候，那位朋友对李白说："把你的那一首《乌栖曲》也念给贺老听听吧。"

"对，快念给我听听。"贺知章忙催促说。

李白笑了笑，站起身，从容不迫地吟诵起来。等到李白念完了全诗，贺知章老泪纵横地说："这诗实在是太凄惨了，鬼神听了也会哭啊！"

贺知章仔细端详着李白，突然说道："你莫不是天上下凡的谪仙人吧，不然怎么能写出这么感人的诗呢？"

"谪仙人"是贺知章对李白的极高评价。人们读了李白的诗篇以后，都感到这个称赞非常确切，渐渐地，不少人也就把李白称作"李谪仙"了。

注释：谪仙人（意思是受到责罚降到人间来的仙人）

思考题

你读过故事中提到的另一位大诗人贺知章的诗句吗？

答　案

咏　柳

贺知章

碧玉妆成一树高，

万条垂下绿丝绦。

不知细叶谁裁出？

二月春风似剪刀。

回乡偶书

贺知章

少小离乡老大回，乡音无改鬓毛衰。

儿童相见不相识，笑问客从何处来。

离别家乡岁月多，近来人事半消磨。

唯有门前镜湖水，春风不改旧时波。

小学五年级语文课本（上册）有一首诗《竹石》："咬定青山不放松，立根原在破岩中。千磨万击还坚劲，任尔东西南北风"。诗作着力表现了竹子那顽强而又执着的品质，是一首赞美岩竹的题画诗，也是一首咏物诗。这首诗的作者就是著名的"扬州八怪"之一，清代著名的画家、书法家和文学家郑板桥。下面我们就来读一个关于他的小故事。

乐于助人的郑板桥

有一次，郑板桥正在街上闲逛，因为本身喜欢作画，所以他也非常乐意到画店里去参观一下。当郑板桥无意中进入一家小画店时，突然发现这家店里居然挂着一幅自己的画正在出售，对此，他感到十分奇怪，因为自己的画从来都没在这家店里卖过。

很明显，这一定是一张假画，郑板桥最讨厌别人打着他的招牌四处骗人了。但他转念又想到开店的人也不容易，于是并没有加以指责，而是不动声色地把画买了下来，然后就走了。

出乎郑板桥意料之外的是，临别时，店主顺便又提醒了一句："先生，如果您喜欢郑板桥的画，过几天我还能够给你提供几幅。"

几天过后，郑板桥又来到这个小店，发现这家店里果然又挂出了一幅自己的画。

这当然又是一幅假画。郑板桥故意问店主道："怎么就这一幅？你不是说有几幅吗？"店主知道碰上了大买主，就欣喜地把郑板桥领进里屋选画。郑板桥看到墙上一幅幅惟妙惟肖的画，不禁对这个店主的摹画能力极为赞赏。

看了一会儿，郑板桥笑着说："这些画虽好，只可惜都是假的。"说完，他从身上掏出了自己的印章，向店主说明，自己才是货真价实的郑板桥。店主一听，急忙跪下向郑板桥赔罪。

郑板桥问店主："你画得很好，为什么不写上自己的名字呢？"

店主十分羞愧地说："我不过是无名之辈，画得再好也不会有人买的，就是有人来买，也卖不上价呀。再说，我就是靠卖画来养活这一家人呀！"听了店主的话，郑板桥对他起了怜悯之心，决定好好帮助这位不知名的画家，因为他的画技并不比自己差，更为关键的是，这个人也是因为生活所迫才这么做的。

一天，郑板桥举行了一个盛大的宴会，邀请了许多社会上的名流雅士。席间，郑板桥向大家隆重地介绍了这位店主，并很谦虚地称，这位店主是自己小时候学画的启蒙老师。郑板桥还让这位店主当场作画，店主精彩熟练的画技赢得了众人的阵阵喝彩。

从那之后，人们都争相抢着到这位店主的店里买画，这位店主的名气与日俱增。在郑板桥的帮助下，这位店主不仅出了名，而且还使他的家庭摆脱了贫困，他对郑板桥充满了感激之情。

思考题

你知道“扬州八怪”是指哪八个人吗？

答　案

扬州八怪包括：郑燮、罗聘、黄慎、李方膺、高翔、金农、李鱓、汪士慎八位画家。从清朝康熙末年崛起，到嘉庆四年“八怪”中最年轻的画家罗聘去世，前后近百年。他们绘画作品为数之多，流传之广，无可计量。

小学五年级语文课本（上册）有一篇课文《黄鹤楼送别》，讲述了大诗人李白在黄鹤楼上送别孟浩然的故事。孟浩然是盛唐山水田园诗的大家，与王维合称“王孟”，他的诗清新自然，淡雅飘逸，为历来诗家所推崇。李白曾经写下著名的“吾爱孟夫子，风流天下闻”的诗句，以此表达自己对孟浩然的敬仰之情。杜甫也称赞他“清诗句句尽堪传！”可惜，这位惊才绝艳的大诗人却命运多舛，一生都没有得到朝廷的赏识和重用，只能寄情于山水之间。

时运不济的孟浩然

唐朝大诗人孟浩然一生仕途坎坷，屡试不中。

有一年春天，自信满满的孟浩然又一次赶赴京城参加进士考试。题目发下来之后，孟浩然一看题目是“春晓”，当即文思如泉，不假思索、一挥而就，弹指间，一首千百年来万人传诵的五言绝句跃然纸上：“春眠不觉晓，处处闻啼鸟。夜来风雨声，花落知多少？”可倒霉的是，这一科的考官居然是个不识货的蠢材，看到孟浩然的这首诗后，他给出的评语居然是：“只听风雨声，不见花落地，岂非盲人耳？”也不知道说的是孟浩然瞎还是他自己瞎，结果，时运不济的孟浩然便莫名其妙的再一次和中举擦肩而过了。

兴许是真的与官场无缘，多年来，孟浩然屡试不中，朝中一时又无人举荐，眼见仕途无望，不禁有了些怨言。后来，有一次，王维在唐玄宗面前提起了孟浩然，皇上久闻孟浩然的大名，就急忙召他进宫，问他最近有什么佳作。

孟浩然不假思索，随口诵道："北阙休上书，南山归敝庐。不才明主弃，多病故人疏。"

皇上一听，立刻就不高兴了，生气地对孟浩然说："我从没有看到过你为朝廷进言上书，当然也就不曾罢黜过你。你为什么不呈上'气蒸云梦泽，波动岳阳城'这样的诗句，却要对我吟诵'不才明主弃，多病故人疏'呢?"于是，皇上没有任何要让孟浩然做官的表示，孟浩然自然也一生就此与仕途无缘了。

其实，孟浩然没想到，皇上既然连他的诗句都能随口吟诵出来，可见皇上还是很喜欢他的诗句，对他也是有些期待的，只可惜这位大才子不识时务，好不容易逮着个机会见皇上一面，居然还和皇上斗气、发牢骚，没被皇上责罚就不错了，又怎么可能得到皇上的赏识去做官呢? 哎！时运不济的孟浩然注定这一生与仕途无缘，只能寄情于山水，寄情于诗句了。

思考题

小学课本中还有一首孟浩然的诗作《过故人庄》，你会背吗?

答　案

故人具鸡黍，邀我至田家。绿树村边合，青山郭外斜。

开轩面场圃，把酒话桑麻。待到重阳日，还来就菊花。

小学五年级语文课本（上册）有一首词《清平乐·村居》，作者是南宋最杰出的爱国词人辛弃疾。辛弃疾，字幼安，号稼轩，别号“稼轩居士”。他是南宋豪放派词人，人称“词中之龙”，与苏轼齐名，并称“苏辛”。辛弃疾不仅是一个著名词人，还是一个爱国者、军事家和政治家，下面我们就来读一个他抗金的小故事吧！

辛弃疾活捉叛徒

辛弃疾不仅是我国历史上一位开一代词风的伟大词人，也是一位勇冠三军、能征善战、熟稔军事的民族英雄。

那时候，我国北部在金国的统治下，人民生活非常痛苦。山东有个农民叫耿京，他带领了一支起义军，经常打击金兵。辛弃疾也是山东人，他非常敬佩耿京，就组织了两千多人，加入了耿京的队伍。起义军在耿京和辛弃疾的领导下，常常打胜仗，参加的人也越来越多，不久就有了二十几万人。耿京就派辛弃疾到南方去和南宋联系，好联合起来把金兵赶走。谁知道起义军里面出了一个叛徒，叫张安国。他乘辛弃疾不在的时候，暗杀了耿京。起义军没有了领袖，就这样散掉了。

辛弃疾从南方回来，叛徒张安国已经逃到金国的兵营里去了。辛弃

金

疾心里又悲痛又愤怒。他对同伴说："我们一定要活捉张安国，为耿京报仇！"

同伴中有人说："张安国躲在敌人的兵营里，那儿驻扎了五万金兵。可咱们只有几十个人，怎么去捉他呢？"

辛弃疾气愤地叫道："别说五万！就是五十万，我们也要闯进金营，杀了这个叛徒，为耿京报仇，为老百姓报仇！"

当天晚上，辛弃疾挑选了五十名勇士，个个骑了快马，带着刀剑，向金营直奔而去。快到金营的时候，天已经黑了，他们都下了马，把马拴在树上，然后乘黑悄悄地摸进了金营。

金营里灯火辉煌，张安国正在跟两个金将喝酒猜拳。他们看见辛弃疾和勇士们拿着刀剑冲进来，吓得魂都没了。张安国赶紧钻到桌子底下，两个金将则急忙举起椅子来抵挡。勇士们一拥而上，把两个金将连人带椅子砍翻了。辛弃疾一个箭步上前，把张安国从桌子底下揪了出来。

张安国抱着脑袋，直喊饶命。辛弃疾用剑指着张安国骂道："你这个叛徒！耿京哪点对不住你？"

张安国吓得浑身打战，求饶说："我……我错了！"

辛弃疾冷笑一声说："错了？来，绑起来，带回去办罪！"

大伙儿听了辛弃疾的命令，一拥而上，把张安国绑得结结实实，拉出了营帐。

营帐外面站了好些金兵，看辛弃疾他们威风凛凛，谁也不敢上前。辛弃疾把叛徒绑在马背上，不慌不忙地跨上了马，喝道："谁敢上来，就要他的狗命！告诉你们，我们的十万大军就要开到。想活命的就早点投降！"说完就带着勇士们冲了出去。等金国将领派兵来追的时候，他们早就跑得没影儿了。

叛徒张安国终于得到了他应得的下场：给砍掉了脑袋。而辛弃疾活捉叛徒张安国的时候，才二十三岁。

思考题

辛弃疾有一首著名的《破阵子》，在梦境与现实的强烈对照中，宣泄了自己壮志难酬的一腔悲愤和满腔的爱国激情，这首词你读过吗？

答　案

破阵子· 为陈同甫赋壮词以寄之

醉里挑灯看剑，梦回吹角连营。八百里分麾下炙，五十弦翻塞外声。沙场秋点兵。

马作的卢飞快，弓如霹雳弦惊。了却君王天下事，赢得生前身后名。可怜白发生！

小学五年级语文课本（下册）有一篇课文《司马迁发愤写＜史记＞》，讲述了西汉著名的史学家司马迁忍辱负重，发愤著书，用了整整13年时间，终于完成了52万余字的辉煌巨著《史记》的经过。为了完成这部前无古人的著作，司马迁耗尽了他毕生的心血。其实，这位意志坚强，不向命运屈服的英雄，从小就是一个勤奋好学、志向远大的人。

勤奋好学的司马迁

司马迁的幼年时代是在韩城龙门度过的。龙门在黄河边上，山岳起伏，河流奔腾，风景十分壮丽。这条中华民族的母亲河滋养了幼年的司马迁。他常常帮助家里耕种庄稼，放牧牛羊，从小就积累了一定的农牧知识，养成了勤劳艰苦的习惯。在父亲的严格要求下，司马迁10岁就开始阅读古代的史书。他一边读书一边做摘记，不懂的地方就请教父亲。由于他格外的勤奋和绝顶的聪颖，很快，就把有影响的史书都读过了，渐渐地，中国三千年的古代历史在他的头脑中有了大致的轮廓。后来，司马迁又拜大学者孔安国和董仲舒等人为师。他学习十分认真，遇到疑难问题，总要反复思考，直到弄明白为止。在父亲的熏陶下，他从小就立志做一名历史学家。

一天，快吃晚饭了，父亲把司马迁叫到跟前，指着一本书说："孩子，近几个月，你一直在外面放羊，没工夫学习。我也公务缠身，抽不出空来教你。现在趁饭还不熟，我教你读书吧！"

司马迁看了看那本书，又感激地望了望父亲："爸爸，这本书我已经读过了，请你检查一下，看我读得对不对。"说完，司马迁便把书从头至尾背诵了一遍。

听完司马迁的背诵，父亲感到非常奇怪。他不相信世界上真有神童，不相信无师自通，也不相信传说中的神人点化。可是，司马迁是怎么会背诵的呢？他百思不得其解！

第二天，司马迁赶着羊群在前面走，父亲在后边偷偷地跟着。羊群翻过村东的小山，过了山下的溪水，来到一片洼地。洼地上水草丰美，绿油油的惹人喜爱。司马迁把羊群赶到草地中央，等羊开始吃草后，他就从怀中掏出一本书来读，那朗朗的读书声不时地在草地上萦绕回荡。

看着这一切，父亲全明白了。他高兴地点点头，说："孺子可教！孺子可教！"

从 20 岁起，司马迁开始到各地游历，考察历史和风土人情，为他日后编写史书提供了充足的史料。做太史令后，他常有机会随从皇帝在全国巡游，又搜集了大量的历史资料，还了解到统治集团的许多内幕。他还如饥似渴地阅读宫廷收藏的大量书籍，收集了各种重要的史料。可是就在他专心致志写作《史记》的时候，为李陵说情触犯了汉武帝，被关入监狱，判处了重刑。

司马迁矢志不渝，出狱后继续写作，经过前后 13 年艰苦的努力，耗尽自己毕生的心血，终于写成了《史记》这部巨著，对后世史学与文学产生了深远的影响。

思考题

你知道鲁迅先生怎样评价《史记》吗？

答　案

“史家之绝唱，无韵之《离骚》。”

回味经典

小学五年级语文课本（下册）有一篇课文《秦兵马俑》。秦始皇兵马俑，是秦始皇陵的陪葬坑，是世界上最大的地下军阵，也是中国古代文明的象征，被称为“世界第八大奇迹”。下面我们就来读一个被后人称之为“千古一帝”的秦始皇的小故事。

千古一帝秦始皇

秦始皇，姓嬴，名政，是中国历史上杰出的政治家、军事家。从公元前 230 年起到公元前 221 年止的 10 年间，秦王嬴政先后灭韩、魏、楚、燕、赵、齐六国，结束了自春秋战国以来长达数百年之久的分裂割据、混战不已的局面，创立了中国历史上第一个统一的封建中央集权国家。嬴政统一天下后，创立了“皇帝”的尊号，自称始皇帝。

秦始皇统一中国 6 年以后，带着文武百官，乘着豪华的车辇，浩浩荡荡地从碣石山向东北的仙岛前进，开始了他统一六国之后的第四次出巡。

当行至一岛屿附近时，御车突然停了下来。前卫奏道：“仙岛离此不远，请万岁御马前往。”于是，秦始皇换乘了心爱的大白马，直奔仙岛而去。过不多时，便来到了那座渤海边的大岛上。

渤海辽阔无垠，白浪汹涌澎湃，几只海鸥时而展翅翱翔，时而俯冲觅食。秦始皇环视着大海，心旷神怡，豪情满怀，更加思绪万千。就在这时，他回眸眼前，忽然跳下马来，撩衣即行跪拜。随从的大臣们见此情景，都感到莫名其妙，但也赶忙跟着参拜。

等到皇帝站起身来，丞相李斯才问他为何参拜。秦始皇深情地说："众位卿家，此岛所生荆条，正是朕幼年在邯郸时老师所用的荆条。朕见荆条，如见恩师，怎能不拜？"

原来秦始皇看到岛上生长的荆条，想起了自己幼年在赵国都城邯郸做人质时的老师。那位老师授课要求非常严厉，在自己身边随时放着一根黄荆条儿，学生若不认真听课，或完不成作业，那黄荆条儿就会毫不客气地落在那稚嫩的小屁股和小手心上。

那位威严的老人，第一次授课讲的，就是舜爷赐给大家的姓。他先分别讲了"亡"、"口"、"月"、"女"、"凡"，然后再合成一个"嬴"字，要求第二天就得背写。

"老师，这字……笔画太多，太难写了！"

"什么?！一个'嬴'字就难住了？将来秦国要你去治理，难事多着哩！你能知难而不进吗？"说着，老师就举起了荆条……

那老师虽说严厉、古板，可却令人钦敬难忘。之后，在老师的谆谆教诲和严格管束下，秦始皇不但学到了丰富的文化知识，而且懂得了许多治理国家的道理和方略。秦始皇想：我嬴政能有今日，其中也有老师的一份功劳呢！他从心里敬重恩师，感激恩师，可惜自己已多年没见过这位老师了，听说他老人家早已去世。此时此刻，秦始皇睹物思人，看到黄荆条，就如同看到了当年的恩师啊，难怪他虔诚地跪地下拜呢！

作为"帝王之躯，九五之尊"的秦始皇，在众臣面前跪拜黄荆条儿，追思缅怀自己的恩师，说明他虽然权高位重，却从没有忘记恩师的栽培。为此，后人为了纪念秦始皇的感恩谢师之举，将那座岛屿命名为秦皇岛。传说，岛上所生的荆条，为秦始皇敬师的精神所感动，皆垂首向下，如叩头答谢状。

思考题

你知道“世界八大奇迹”是指哪八个吗？

答　案

“世界八大奇迹”指的是巴比伦空中花园、亚历山大港灯塔、罗德岛太阳神巨像、奥林匹亚宙斯神像、阿尔忒弥斯神庙、摩索拉斯陵墓、埃及的金字塔与中国的秦始皇陵兵马俑。自 1978 年希拉克访华评价西安秦陵兵马俑为“世界第八大奇迹”后，便广为流传。

在小学三年级语文课本（上册）的练习中，同学们学习了一副对联："青山有幸埋忠骨，白铁无辜铸佞臣。"对联中所说的忠臣指的正是南宋抗金名将岳飞。岳飞作为中国历史上的一名抗金名将，其精忠报国的精神一直深受中国各族人民的敬佩，他的经典诗词《满江红》表现了岳飞抗击金兵、收复故土、统一祖国的强烈的爱国精神，一直是千古传颂的名篇。下面我们就来读一读家喻户晓的岳飞精忠报国的故事。

精忠报国的岳飞

公元 1103 年，岳飞出生于一个农家，传说岳飞出生之时有大鸟飞鸣掠过屋顶，所以取名"飞"，字"鹏举"。岳飞小时候家里非常穷，母亲就用树枝在沙地上教他写字，还鼓励他好好锻炼身体，长大后报效祖国。在母亲的教育下，岳飞勤奋好学，日间耕田割草，晚上以柴照明念书习字，尤其喜欢读兵书。渐渐的，岳飞不但知识渊博，还练就了一身好武艺，成为文武双全的人才。据说岳飞体魄强健、刚直义气且勇力过人，十几岁已能拉 300 斤硬弓、960 斤腰弩，能左右开弓射箭，枪法"一县无敌"。

当时，北方的金兵常常攻打中原。母亲鼓励岳飞投军抗辽，并在他背上刺下了“精忠报国”四个大字。从此，岳飞开始了他抗击金军，保家卫国的戎马生涯。孝顺的岳飞一刻不敢忘记母亲的教诲，“精忠报国”四个字成为岳飞终生遵奉的信条。每次作战时，岳飞都会想起“精忠报国”四个大字，由于他勇猛善战，取得了很多战役的胜利，立下了不少功劳，名声也传遍了大江南北。

建炎三年（公元 1129 年），金将兀术率金军再次南侵，杜充率军弃开封南逃。第二年秋，兀术继续南侵，留守建康的杜充不战而降。金军得以渡过长江天险，很快就攻下临安、越州（今绍兴）、明洲等地，宋高宗被迫流亡海上。岳飞率孤军坚持敌后作战。他先在广德攻击金军后卫，六战六捷。又在金军进攻常州时，率部驰援，四战四胜。紧接着，岳飞又在牛首山设伏，大破金兀术，收复建康，金军被迫北撤。从此，岳飞威名传遍大江南北，声震河朔。七月，岳飞升任通州镇抚使，拥有人马一万多人，建立起一支纪律严明、作战骁勇的抗金劲旅——“岳家军”。

“岳家军”的士兵都严格遵守军纪，宁可自己忍饥挨饿，也不敢打扰百姓；晚上，如果借住在民家或商店，他们天一亮就起来，为主人打扫卫生，清洗餐具后才离去。“岳家军”的士气让金军闻风丧胆。金兵统帅长叹道：“撼山易，撼岳家军难！”

可是，在一次岳家军与金军的战役中，当岳家军追到距金兵大本营只有四十五里，眼看就要大功告成，收复江山时，皇帝赵构怕岳飞打败金兵后，接回原先的皇帝，而自己的王位就保不了，因此和奸臣秦桧连发十二道金牌，命令岳飞退兵。秦桧还诬告岳飞谋反，将他关入监狱，以“莫须有”的罪名将岳飞毒死。

岳飞死时只有三十九岁。他一生谨记母亲的教诲，即使在死的那一刻，也没有忘记母亲教导的“精忠报国”四个字。岳飞虽然被奸臣陷害了，但他精忠报国的业绩，崇高的民族气节却永远活在人民的心中，永不磨灭。

思考题

你知道中国历史上的十大民族英雄是指哪些人吗？

答　案

刘仁轨　史可法　郑和　霍去病　戚继光

张自忠　林则徐　郑成功　文天祥　岳飞

小学五年级语文课本（下册）有一篇课文《谈礼貌》，教育我们“礼到人心暖，无礼讨人嫌”，从小就要懂得礼貌待人。其实，待人谦逊有礼是我们中华民族的传统美德，千百年来，被称为“汉初三杰”之一的张良尊敬老人、礼貌待人的故事一直为人们所津津乐道。

张良拾鞋

张良是汉高祖刘邦的谋臣，汉朝的开国元勋之一，与萧何、韩信一起被称为“汉初三杰”。他从小就是一个尊敬老者、信守约定的好孩子。

有一天，张良悠闲地在桥上散步。有位老人，穿着粗布短衣，走到张良跟前，故意把穿在脚上的草鞋丢到桥下，并且看着张良说：“小子，去把鞋给我捡回来！”

张良愣了一下，觉得这位老人有些无礼，但是看他年老，就什么也没说，到桥下取回鞋子，递给他。

老人坐在桥头，眼皮也不抬一下，就说：“给我穿上。”

于是，张良跪在地上，老人心安理得地伸出脚让张良帮他把鞋穿上，然后老人就笑着离开了。

张良非常吃惊地望着老人的背影。谁知，那个老人走了几步又转过

身来，对着张良招招手，示意张良到他跟前儿去。

张良乖乖地走上前去，老头和蔼地对他说：“我看你这娃不错，值得教导。五天后天一亮，你到这里和我见面。”

张良恭恭敬敬地行了个礼说：“是”。

五天后，天刚蒙蒙亮，张良就来到了桥上，没想到，那个老人已经坐在桥上等着张良了，老人很生气地说：“现在天都已经亮了，你一个年轻人，怎么这么不守信用，和长辈约会还迟到，长大后还能有什么作为。五天以后，鸡叫时来见我。”说完，老人就走了。

过了五天，鸡刚叫，张良就来到了桥上，没想到，老人又已经先到那里了。老人十分生气地说：“我已经听见三声鸡叫了，你怎么才来，五天以后再早一点儿来见我。”

又过了五天，张良半夜就到桥上等着那个老人。他刚到一会儿，老人也来了，这一次，老人终于不生气了。老人高兴地说：“年轻人要成大事，就要遵守诺言，说什么时候到就什么时候到。”

接着，老人又从怀里掏出一本又薄又破的书，对张良说：“读了这本书，就可以成为皇帝的老师。这话会在十年后应验。十三年后，你会在济北见到我，谷城山下那块黄石就是我。”说完之后，老头儿就离开了，以后再也没有出现过。

天亮时，张良看老人送的那本书，原来是《太公兵法》，又叫《黄石兵书》。张良非常珍惜这本书，认真学习，从中学到了许多知识。并且他还时刻遵守老者的教诲，严格要求自己，立志永远做一个信守诺言的人，这样才能让别人信任自己，从而成就一番大事业。

果真，张良后来帮助汉高刘邦完成了统一大业，成为历史上有名的大臣。

思考题

你能说几句有关礼貌的名言或者谚语吗？

答　案

一个人的礼貌是一面照出他的肖像的镜子。

君子忍人所不能忍，容人所不能容，处人所不能处。

尊重别人就是尊重自己。

你敬我一尺，我敬你一丈。

好言一句三冬暖，恶语伤人三月寒。

善气迎人，亲如弟兄；恶气迎人，害于兵戈。

小学六年级语文课本（上册）有一篇课文《郑成功》，讲述了民族英雄郑成功收复台湾、建设台湾的故事。在中国历史上，像郑成功这样赤胆忠心、智勇双全的民族英雄还有很多，戚继光就是其中的一个。

戚继光抗击倭寇

明代，有一批日本的海盗经常在我国东南沿海一带骚扰，闹得沿海地区不得安宁。中国历史上把这种海盗叫作“倭寇”。

公元 1553 年，倭寇集结了几百艘海船，在浙江、江苏沿海登陆，分成许多小股势力，抢掠了几十个村庄。由于倭寇心狠手辣，沿海的官吏和士兵都不敢抵抗。

倭寇侵略越来越严重，明世宗发愁了，叫严嵩想法子对付。严嵩的同党赵文华想出一个主意，说要解决倭寇侵犯，只有向东海祷告，求海神爷保佑。后来，朝廷派了个熟悉沿海防务的老将俞大猷去抵抗。俞大猷一到浙江，就打了几个胜仗。但是不久，浙江总督张经被赵文华陷害，俞大猷也被牵连坐了牢。沿海的防务没人指挥，倭寇的活动又猖獗起来。直到朝廷把山东的将领戚继光调到浙江，才扭转了这个局面。

戚继光是我国历史上著名的民族英雄，他到了浙江，先检阅那儿的军队，发现那些军队纪律松散，根本不能够打仗，就决心另外招募新军。戚继光一发出招兵命令，马上有一批农民、矿工自愿参军，还有一些地主武装也参加了进来。戚继光组织的新军很快发展到四千人。

戚继光懂得士兵不经过严格训练是不能上阵的，他根据南方沼泽地区的特点，研究了阵法，经过他严格训练，这支新军的战斗力特别强。“戚家军”的名气就在远近传开了。

过了几年，倭寇又袭击台州一带，戚继光率领新军赶到台州。那些乱七八糟的海盗队伍，哪是戚家军的对手，交锋了九次，戚家军一次次都取得胜利。最后，倭寇在陆地上待不住，被迫逃到海船上，戚继光又用大炮轰击。大批倭兵被烧死或掉到海里淹死，留在岸上的也只得乖乖投降。

倭寇见到浙江防守严密，不敢再侵犯。第二年，他们又到福建沿海骚扰。两路敌人互相声援，声势很大。福州的守将抵挡不了，赶紧向朝廷告急。朝廷又派戚继光援救。戚继光带了新军赶到宁德，打听到敌人的巢穴在宁德城十里外的横屿岛，那儿四面是水，地形险要。倭寇在那儿扎了大营盘踞，当地明军也不敢去攻打他们。

当天晚上潮落的时候，戚继光命令士兵每人随身带一捆干草，到了横屿对岸，把干草扔在水里。几千捆干草扔在一起，铺出了一条路来。戚家军兵士踏着干草铺成的路，插进倭寇大营。经过一场激烈的战斗，盘踞在岛上的两千多名倭寇全部被歼灭。

戚家军又进兵牛田。到了牛田附近，戚继光传出命令，说：“远路进军，人马疲劳，先就地休整再说。”

这些话很快传到敌人那里，牛田的倭寇防备也就松懈下来。可是就在当天晚上，戚继光下令向牛田发起总攻击。倭兵毫无准备，纷纷败退。倭寇头目率领残兵逃到兴化，戚家军又连夜跟踪追击，消灭了溃逃的敌人。到天色发白的时候，戚家军开进兴化城。城里的百姓才知道附近的倭寇已被戚家军消灭。大家兴高采烈，杀鸡宰羊，到军营来慰劳官兵。

第二年，倭寇又侵犯福建。这时候，俞大猷已经复职。朝廷派俞大猷为福建总兵，戚继光为副总兵。两个抗倭名将一起，大败倭寇。公元**1565**年，俞、戚两军再次配合，大败倭寇。到这时候，横行几十年的倭寇被基本肃清了。

思考题

为了有效地抗倭，戚继光还发明了“鸳鸯阵”，你知道吗？

答　案

戚继光发明的“鸳鸯阵”是指一个阵内有十二名战士。第一人为队长。次二人一个执长牌，一个执藤牌，长牌挡重箭长枪，藤牌轻便，执标枪、腰刀，便于近攻。再次二人拿狼筅，照顾牌手。后四人拿长枪，再后二人拿短兵器，长枪不中，短兵相接。

小学六年级语文课本（上册）有一篇课文《负荆请罪》，是一个历史小话剧的剧本，讲的是战国时候赵国的大将军廉颇和上卿蔺相如之间的故事。这个故事改编自西汉司马迁《史记》中的《廉颇 蔺相如列传》。下面我们就去看看这个完整的故事吧！

将相和

战国时候，秦国最强，常常进攻别的国家。

有一回，赵王得了一件无价之宝，叫和氏璧。秦王知道了，就写了一封信给赵王，说愿意拿十五座城换这块璧。

赵王接到了信非常着急，立即召集大臣来商议。大家都认为秦王不过是想把和氏璧骗到手罢了，不能上他的当，可是不答应，又怕他派兵来进攻。

正在左右为难的时候，有人说有个叫蔺相如的，勇敢机智，也许他能解决这个难题。

赵王把蔺相如找来，问他该怎么办。

蔺相如想了一会儿，说：“我愿意带着和氏璧到秦国去。如果秦王真的拿十五座城来换，我就把璧交给他；如果他不肯交出十五座城，我一定把璧送回来。那时候秦国理屈，就没有动兵的理由。”

赵王和大臣们没有别的办法，只好派蔺相如带着和氏璧到秦国去。

蔺相如到了秦国，进宫见了秦王，献上和氏璧。秦王双手捧住璧，一边看一边称赞，绝口不提十五座城的事。蔺相如看这情形，知道秦王没有拿城换璧的诚意，就上前一步，说：“这块璧有点儿小毛病，让我指给您看。”秦王听他这么一说，就把和氏璧交给了蔺相如。蔺相如捧着璧，往后退了几步，靠着柱子站定。他理直气壮地说：“我看您并不想交付十五座城。现在璧在我手里，您要是强逼我，我的脑袋和璧就一块儿撞碎在这柱子上！”说着，他举起和氏璧就要向柱子上撞。秦王怕他真的把璧撞碎了，连忙说一切都好商量，就叫人拿出地图，把允诺划归赵国的十五座城指给他看。蔺相如说和氏璧是无价之宝，要举行个隆重的典礼，他才肯交出来。秦王只好跟他约定了举行典礼的日期。

蔺相如知道秦王丝毫没有拿城换璧的诚意，一回到住处，就叫手下人化了装，带着和氏璧抄小路先回赵国去了。到了举行典礼那一天，蔺相如进宫见了秦王，大大方方地说：“和氏璧已经送回赵国去了。您如果有诚意的话，先把十五座城交给我国，我国马上派人把璧送来，决不失信。不然，您杀了我也没有用，天下的人都知道秦国是从来不讲信用的！”秦王没有办法，只得客客气气地把蔺相如送回赵国。

这就是“完璧归赵”的故事。蔺相如立了功，赵王封他做上大夫。

过了几年，秦王约赵王在渑池会见。赵王和大臣们商议说：“去吧，怕有危险；不去吧，又显得太胆怯。”蔺相如认为对秦王不能示弱，还是去的好，赵王才决定动身，让蔺相如随行。大将军廉颇带着军队送他们到边界上，做好了抵御秦兵的准备。

赵王到了渑池，会见了秦王。秦王要赵王鼓瑟。赵王不好推辞，鼓了一段。秦王就叫人记录下来，说在渑池会上，赵王为秦王鼓瑟。

蔺相如看秦王这样侮辱赵王，生气极了。他走到秦王面前，说："请您为赵王击缶。"秦王拒绝了。蔺相如再要求，秦王还是拒绝。蔺相如说："您现在离我只有五步远。您不答应，我就跟您拼了！"秦王被逼得没法，只好敲了一下缶。蔺相如也叫人记录下来，说在渑池会上，秦王为赵王击缶。

秦王没占到便宜。他知道廉颇已经在边境上做好了准备，不敢拿赵王怎么样，只好让赵王回去。

蔺相如在渑池会上又立了功。赵王封蔺相如为上卿，职位比廉颇高。

廉颇很不服气，他对别人说："我廉颇攻无不克，战无不胜，立下许多大功。他蔺相如有什么能耐，就靠一张嘴，反而爬到我头上去了。我碰见他，得让他下不了台！"这话传到蔺相如耳朵里，蔺相如就请病假不上朝，免得跟廉颇见面。

有一天，蔺相如坐车出去，远远看见廉颇骑着高头大马过来了，他赶紧叫车夫把车往回赶。蔺相如手下的人可看不顺眼了。他们说，蔺相如见了廉颇像老鼠见了猫似的，为什么要怕他呢！蔺相如对他们说："诸位请想一想，廉将军和秦王比，谁厉害？"他们说："当然秦王厉害！"蔺相如说："秦王我都不怕，会怕廉将军吗？大家知道，秦王不敢进攻我们赵国，就因为武有廉颇，文有蔺相如。如果我们俩闹不和，就会削弱赵国的力量，秦国必然乘机来打我们。我所以避着廉将军，为的是我们赵国啊！"

蔺相如的话传到了廉颇的耳朵里。廉颇静下心来想了想，觉得自己为了争一口气，就不顾国家的利益，真不应该。于是，他脱下战袍，背上荆条，到蔺相如门上请罪。蔺相如见廉颇来负荆请罪，连忙热情地出来迎接。从此以后，他们俩成了好朋友，同心协力保卫赵国。

思考题

你知道被称为“史学双璧”的是哪两本书吗？

答　案

一部是被鲁迅先生称为“史家之绝唱，无韵之离骚”的司马迁著的《史记》，另一部是北宋著名史学家司马光著的《资治通鉴》。

小学三年级语文课本（上册）的练习中有一首诗：《梅花》，作者是北宋著名诗人王安石。王安石，字介甫，晚号半山，世称临川先生，是北宋杰出的政治家、思想家、文学家、改革家，唐宋八大家之一，被列宁誉为是“十一世纪中国最伟大的改革家”。下面我们就来读一个王安石寻找“生花妙笔”的小故事吧！

王安石的“生花妙笔”

王安石从小就是一个具有远大志向的人，少年时期，他就挑着书箱行李，从家乡临川，来到宜黄鹿岗芗林书院求学。他拜杜子野先生为师，在这位名师指导下，他每天都勤奋苦读，废寝忘食，经常读书读到深夜。

有一天，王安石翻阅王仁裕所著《开元天宝遗事》这本书，看到其中的一个故事。相传李白当年梦见自己所用的笔头上长了一朵美丽的花，因此，才思横溢，后来名闻天下。

于是，王安石拿着书去问杜子野先生：“先生，人世间难道真会有生花妙笔吗？”

杜子野一本正经地说：“当然有啊！事实上有的笔头会长花，有的笔头不会长，只是我们的肉眼难以分辨罢了。”

王安石见杜子野先生如此认真，便道：“那么先生能给我一支生花笔吗?”

于是，杜子野拿来一大捆毛笔，对王安石说：“这里一共有九百九十九支毛笔，其中只有一支是生花笔，但究竟是哪一支，连我也辨不清楚，还是你自己寻找吧。”

王安石听了，恭恭敬敬地向先生鞠了一躬道：“学生眼浅，还请先生指教。”

杜子野摸着胡须，沉思片刻，严肃地说：“你只有用每支笔去写文章，写秃一支再换一支，如此一直写下去，才能从中寻得生花笔。除此之外，再也没有别的办法了。”

从此，王安石按照杜子野先生的教导，每日苦读诗书，勤练文章，足足写秃了五百支毛笔。可是这些笔写出来的文章仍然一般，也就是说还没有从中找到“生花笔”。王安石不禁有些泄气，于是，他又去问杜子野先生：“先生，我怎么还没有找到那支生花的妙笔呢?”

杜子野什么也没有说，而是饱蘸墨汁，挥笔写了“锲而不舍”四个大字送给他。

又过了好久，王安石终于把先生送给他的九百九十八支毛笔都写秃了，仅仅只剩下最后的一支毛笔。一天深夜，王安石提起第九百九十九支毛笔写了一篇《策论》，突然之间，他觉得文思如潮，行笔如云，顷刻间，一篇颇有见地的《策论》便一挥而就。他高兴得一下子跳了起来，大声喊：“找到了！我找到了！我终于找到了生花妙笔了！”

从此，王安石便用这支“生花笔”学习、写字，接着，乡试、会试连连及第。以后，王安石又用这支笔写了许多改革时弊、安邦治国的好文章，被后人列为“唐宋八大家”之一。

思考题

王安石擅长诗词，流传最广的莫过于《泊船瓜洲》，这首诗里“春风又绿江南岸，明月何时照我还”两句，你知道王安石推敲诗中“绿”字的故事吗？

答　案

一开始，王安石写的是“春风又到江南岸”，但王安石觉得“到”字太死，看不出春风一到江南是什么景象，缺乏诗意，就提笔把“到”字圈去，改为“过”字。后来细想一下，又觉得“过”字虽比“到”字生动一些，写出了春风一掠而过的动态，但要用来表达自己想回金陵的急切之情，仍显不足。于是又圈去“过”字，改为“入”字、“满”字。这样改了十多次，仍不满意。最后，王安石走到船头上，眺望江南，只见春风拂过，青草摇舞，麦浪起伏，他觉得精神一爽，一下想到了“绿”这个字。一个“绿”字把整个江南生机勃勃、春意盎然的动人景象表达出来了，使全诗大为生色，全诗都活了。这个“绿”字就成了后人所说的“诗眼”。后来许多谈用字的文章，都以他为例。

小学三年级语文课本（上册）有一篇习作，是写关于古诗的研究报告，书上的例文就是一位同学谈自己对王之涣的“欲穷千里目，更上一层楼”这两句诗的理解。王之涣是盛唐时期著名的诗人，以描写边塞风光为胜，尤善五言诗，他最著名的两首诗就是《登鹳雀楼》和《凉州词》。下面我们就来读一个王之涣喝酒论诗的小故事。

王昌龄赏曲赛诗

相传，唐玄宗开元年间，诗人王昌龄、高适、王之涣齐名，三人生活的经历又有许多相似之处，所以，三个人是很好的朋友，经常在一起喝酒、论诗。

有一天，冷风飕飕，微雪飘飘。三位诗人相约一起到酒楼去喝酒。忽然，有梨园掌管乐曲的官员带着几个子弟和几位梨园女子登楼宴饮。三位诗人急忙回避，躲到里面的包间里，围着小火炉，一边喝酒，一边观看他们表演节目。一会儿，乐曲奏起，演奏的都是当时有名的曲子。王昌龄三人便私下里约定说：“我们三个在诗坛上也都算是有名的人物了，可是一直未能分个高低。今天算是有个机会，可以悄悄地听这些歌女们唱歌，今天谁的诗入歌词多，谁就最优秀。”

只听一位歌女首先唱道："寒雨连江夜入吴，平明送客楚山孤。洛阳亲友如相问，一片冰心在玉壶。"这正是王昌龄的《芙蓉楼送辛渐》。王昌龄听了，高兴地用手指在墙壁上画了一道："我的一首绝句。"随后，一位歌女接着唱道："开箧泪沾臆，见君前日书。夜台何寂寞，犹是子云居。"这是高适的《哭单父梁九少府》。高适听了，也开心地伸手画壁："我的一首绝句。"又一位歌女出场了，这一次她唱的是："奉帚平明金殿开，且将团扇共徘徊。玉颜不及寒鸦色，犹带昭阳日影来。"这是《长信怨》，又是王昌龄的诗，于是，王昌龄又伸手画壁，说道："两首绝句。"

王之涣自以为出名很久，可是听了半天，歌女们竟然没有唱他的诗作，面子上似乎有点下不来，就对王昌龄和高适两个人说："这几个唱曲的，都是不出名的丫头片子，所唱的曲子也不过是'下里巴人'之类不入流的歌曲，那'阳春白雪'之类的高雅之曲，哪是她们唱得了的呢！"说完，王之涣用手指着几位歌女中最漂亮、最出色的一个说："到这个小妮子唱的时候，如果不是我的诗，我这辈子就不和你们争高下了；可如果是唱我的诗的话，甭客气，二位就拜倒于座前，尊我为师好了。"三位诗人一边说笑着，一边等待着。

过了一会儿，轮到那个梳着双髻的最漂亮的姑娘唱了，只听她开口唱道："黄河远上白云间，一片孤城万仞山。羌笛何须怨杨柳，春风不度玉门关。"这正是王之涣的名作《凉州词》！王之涣一听，顿时得意至极，揶揄王昌龄和高适说："怎么样，土包子，我说得没错吧！"三位诗人一起开怀大笑。

那些歌女们听到笑声，不知道发生了什么事情，纷纷走了过来："请问几位大人，在笑什么呢？"王昌龄就把比诗的缘由告诉她们。歌女们施礼下拜："请原谅我们俗眼不识神仙，恭请诸位大人赴宴。"三位诗人便应了她们的邀请，和她们一起欢宴一天。

思考题

著名诗人王翰也有一首《凉州词》流传千古，你会背诵吗？

答　案

凉州词

王　翰

葡萄美酒夜光杯，欲饮琵琶马上催。

醉卧沙场君莫笑，古来征战几人回？

小学三年级语文课本（上册）有一个练习中提到了“刮骨疗毒”这个成语。“刮骨疗毒”在历史上确有此事，“刮骨疗毒”的这个人正是三国时期大名鼎鼎的英雄好汉关羽关云长。据说关羽身长九尺，髯长二尺，丹凤眼，卧蚕眉，面如重枣，唇若涂脂，使青龙偃月刀，胯下赤兔马，是刘备手下一名武艺高强、战功赫赫的大将。下面我们就一起来读读关羽刮骨疗毒的故事。

关羽刮骨疗毒

三国时代，魏蜀吴之间的恶战一场连着一场。有一次，关羽关云长带兵出征攻打曹兵时，一不小心，右臂中了敌人的毒箭，整个右臂都不能动弹。众将请关公班师回荆州调治，关公不答应，说：“我不能因小小创伤，而误了军国大事。”

众人无奈，只好四处寻访名医。有一日，来了一个自称华佗的医生，他说听闻关公中了毒箭，特来医治。这时，关公的右臂痛得厉害，正和马良下棋来分散注意力，以免自己露出痛苦的表情而乱了军心。

华佗检查过关公的箭伤，说：“君侯的手臂若再不治理，恐怕便要废了！如果要根治，便得把君侯的手臂牢牢缚在柱上，然后我用刀把皮肉割开至见骨，用刀子刮去骨头上的毒，再敷上药，以线缝合，这才治

得好，但恐君侯惧怕。”

关公一听便笑了，笑说自己不是世间俗子，不怕痛，更不用把臂缚在柱上；并命人先送上食物，说：“先生远道而来，请先用酒菜！”

关公陪着华佗吃了一会儿，便伸出了右臂，说：“现在就请动手，我照样下棋吃喝，请先生不要见怪！”

华佗也不再说什么，取出一把尖刀，请人在关公的手臂下放上一个盆子，看准了位置，下刀把关公的皮肉割开。

关公吃喝如常，华佗气定神闲地说：“我用刀把君侯骨头上的毒给刮走，这就好了！”

华佗的手法娴熟，话刚说完，手上的刀子已经在关公手臂的骨头上来回刮，只听见刀子把骨头刮得“嘎吱嘎吱”响，流出的血也几乎注满了整个盆子。将士们见到这情景，个个掩面失色，唯独关公仍继续下棋吃喝，面不改色。

不久，华佗把毒全刮去，敷上药，并把伤口缝合好。关羽大笑着站了起来，伸伸胳膊说：“这只胳膊又能活动了，先生真是神医啊！”华佗对关公赞叹不已，说：“我当了一辈子医生，还没有见过像将军这样的人啊！”

关公的手臂治好了，拿出黄金百两酬谢华佗，并设席款待华佗。华佗婉言拒绝说：“因听闻君侯高义，特来医治！”说罢，把一帖药留下，就头也不回，拜别关羽走了。

思考题

你还知道关于关羽的故事吗？

答　案

温酒斩华雄、三英战吕布、千里走单骑、过五关斩六将、败走华容道、单刀赴会、水淹七军等。

小学三年级语文课本（上册）有一个练习中提到了“约法三章”这个成语。这个成语出自司马迁的《史记》：“与父老约，法三章耳：杀人者死，伤人及盗抵罪。”原指订立法律与人民相约遵守，后泛指订立简单的条款。下面我们就一起去看看“约法三章”这个典故是怎么来的吧！

刘邦约法三章

秦二世是个无能的皇帝，他不但信任奸臣赵高，而且还杀了许多忠心的大臣。老百姓都过得水深火热，因此，到处都有人起来反抗。刘邦和项羽就归属于楚怀王的反抗军中。

有一天，楚怀王对刘邦和项羽说：“你们谁要是先进入关中，谁就可以称王。”于是，刘邦和项羽分别带着军队向西路和北路出发了。

一路上，刘邦没有受到什么阻力，还打了几场胜仗，顺利进了关中。

刘邦的军队进了咸阳。将士们乱纷纷地争抢值钱的战利品。萧何首先进丞相府，把那些有关秦国户口、地形、法令等的图书和档案都收管起来。这些文件是将来治理国家不能少的，他认为比金银财宝更有用。

刘邦进了阿房宫，一见宫殿这么富丽，宫女们这么漂亮，就进了内宫，躺在龙床上不想离开了。

就在这时，部将樊哙闯了进来，说：“沛公要打天下，还是要做富家翁？这些穷奢极欲的东西使秦朝灭亡了，您要这些干吗？还是快点回到灞上去吧！”

恰巧这时，张良也进来了。张良对刘邦说：“请您听从樊将军的劝告吧！”刘邦只好封了库房，自己回到灞上的军营里去。

刘邦召集了三秦之地各县有德望和名声的耆老豪杰说：“父老乡亲们遭受秦朝暴政苛法的苦害已经很久了，说一句对朝廷不满的话就被诛灭三族，聚众谈论就被斩头弃市，我曾与各路义军首领有约，首先入关进咸阳者就在当地为王。现在我自然应该称王关中之地。从今儿起，秦朝的法令一律废除。我与诸位父老订立简明扼要的法规，仅有三项条款：第一、杀人者要偿命斩首；第二、伤人者要办罪；第三、盗窃者也要判罪！办罪的轻重看犯罪的不同而定。”

接着，刘邦立即派人和秦朝旧吏们到各县乡村张贴告示，使约法三章家喻户晓。三秦之地民众十分高兴，人们纷纷送牛羊酒食慰问刘邦的军队将士，刘邦一再推辞不肯收下，说：“仓库里粮食很多，战士们并没有挨饿，我不想再给父老乡亲们添麻烦，使大家破费财物了！”当地民众更加欢喜，唯恐刘邦不在三秦大地为王。

打那时起，刘邦的军队给关中的百姓留下了好印象，百姓们都希望刘邦留在关中做王。由于坚决执行约法三章，刘邦得到了百姓的信任、拥护和支持，最后取得天下，建立了西汉王朝。“约法三章”的成语也就这么流传下来了。

思考题

刘邦曾著有一首《大风歌》，抒发了自己的豪情壮志，你读过这首诗吗？

答案

大风歌

刘　邦

大风起兮云飞扬，
威加海内兮归故乡，
安得猛士兮守四方。

小学三年级语文课本（上册）的练习中有一首诗《夜书所见》，描写儿童夜挑促织，景象鲜明，反衬出客中的孤寂。这首诗的作者是宋代著名诗人叶绍翁。其实，叶绍翁还有一首更有名的诗作，就是《游园不值》。下面就让我们一起跟随叶绍翁的脚步去游园吧！

叶绍翁游园

春日里的一天清晨，阳光明媚，空气清新。小鸟在窗外“叽叽喳喳”地鸣叫着，边飞边鸣。叶绍翁走到窗前，望着窗外满目春色，不禁心旷神怡。突然，叶绍翁想起了一件事情：自己已经整整一个冬天没有见到好友马翁了。他现在还好吗？冬天大雪封山，行动不便；现在天气转暖，春色满园，我何尝不去看看他。到时候，老哥俩开怀畅饮，聊天赋诗，顺便也可欣赏一下他的满园春色。

想到这里，叶绍翁急忙更衣，带上他的酒葫芦就要出门。为了防备冰雪融化，道路泥泞，他特意穿上了儿子为他用木头制作的鞋底带刺的“泥屐”。

走出家门，屋外清新的空气，满目的春色，不禁令叶绍翁深深地吸了一口气。也许是他的心情好，也许是想尽快见到老朋友，他感到脚下特别轻快，几十里的山路，一转眼就被他甩到了身后。

看见了！看见了！马翁那熟悉的房子，高大的院墙，小小的柴门，已经清晰地出现在叶绍翁的眼前。他仿佛已经看见了老朋友那熟悉的面孔，闻到了桌上的饭菜酒香。叶绍翁快步如飞地来到马翁门前，整了整衣冠，然后轻轻地叩响了马翁的柴门。可奇怪的是，过了好久好久，也没有人来开门。他高喊了几声，仍旧没有人答应。叶绍翁倒背着双手，在门外轻轻地踱着步子，心想：马翁啊马翁，我可是赶了几十里的山路来看你的，我还给你带来了一壶好酒哪！你可不能让我乘兴而来，败兴而归啊！想着想着，他又伸手去敲门。忽然，他发现：柴门的上方挂着一个大铜锁。啊，原来主人不在家。看来只能失望而归了。

叶绍翁进不了院子，十分失望，就围着马翁的院墙外面转起圈来。忽然，他看见在围墙的拐角处，一枝白里透红的杏花从围墙里面伸了出来。他站在墙外，仔细地欣赏着这随风飘香的花朵：红红的花瓣，白白的花心，好像正在对他微笑。他仰面朝天，一动不动地看了半天，简直就像着了迷一样。面对那出墙的红杏，叶绍翁仿佛看见了园内一派生机勃勃、五彩缤纷的景象：美丽的迎春花，鲜艳的桃花，白里透红的杏花，婀娜多姿的垂柳，清清的小池塘，活蹦乱跳的小鱼儿，满地的绿草、鲜花……

叶绍翁诗兴大发，情不自禁地高声朗诵道："应怜屐齿印苍苔，小扣柴扉久不开，春色满园关不住，一枝红杏出墙来。"

思考题

《游园不值》这首诗你会背吗？它给你怎样的启示呢？

答　案

游园不值

叶绍翁

“应怜屐齿印苍苔，小扣柴扉久不开。

春色满园关不住，一枝红杏出墙来。”

它在启示着我们：见微知著；见一叶而知秋；见一花而知春；新生的、美好的事物是永远也封锁不住的，它一定会冲破阻力向前发展。

小学三年级语文课本（上册）习作一中有一篇例文《假如我有一支神笔》，文章中提到了神笔马良。这是一个在中国流传很广的故事，我们一起去看看吧！

神笔马良

从前，有个孩子名叫做马良。他从小喜欢画画，可是，他连一支笔也没有。

一天，他走过一个学馆门口，看见学馆里的画师，拿着一支笔，正在画画。马良情不自禁地走了进去，对画师说："我很想学画画，您能借给我一支笔吗?"

画师瞪了他一眼，骂道："穷孩子还想学画画？做梦啦！"说完，就将他撵出门来。

马良是个有志气的孩子，他想：为什么穷孩子不能拿笔，连画也不能学呢？我就是要学画画！

从此，马良下决心学画，每天用心苦练。他到山上打柴时，捡一根枯树枝，在沙地里学着描飞鸟。他到河边割草时，用草根蘸蘸河水，在岸石上学着描游鱼。晚上，回到家里，马良拿一块木炭，在窑洞的墙壁上，又把白天描过的东西，一件一件再画一遍。

一年一年地过去，马良学画没有一天间断过。当然，进步也很快，画起的鸟就差不会叫了，画起的鱼就差不会游了。一回，他在村口画了只小母鸡，村口的上空就成天有老鹰打转。还有一回，他在山后画了只黑毛狼，吓得牛羊不敢在山后吃草。但是马良还没有一支笔啊！他多么想自己能有一支笔。

一个晚上，马良躺在窑洞里，迷迷糊糊地睡着了。不知道什么时候，窑洞里亮起五彩的光芒，来了个白胡须老人，把一支笔送给他，说："这是一支神笔，你要好好用它。"

马良接过来一看，那笔金光灿灿的；拿在手上，沉甸甸的。他乐得蹦下床来："谢谢你，老爷爷……"

马良的话没有说完，白胡须老人已经不见了。

马良一惊，就醒过来，揉揉眼睛，原来是个梦呢！可又不是梦啊，那支笔不是好好地在自己的手里吗！

马良十分高兴，他用笔画了一只鸟，鸟扑扑翅膀，飞到天上去，对他"叽叽喳喳"地唱起歌来。他用笔画了一条鱼，鱼弯弯尾巴，游进水缸里去，对他摇摇摆摆地跳起舞来。他开心极了，说："这神笔，多好呀！"

马良有了这支神笔，天天替村里的穷苦人画画：谁家没有犁耙，他就给他画犁耙；谁家没有耕牛，他就给他画耕牛；谁家没有水车，他就给他画水车；谁家没有石磨，他就给他画石磨……

马良有了神笔的消息越传越远，居然传到了皇帝的耳朵里。皇帝知道后，就派人把马良抓了去。皇帝威逼马良给他画一株摇钱树，不画的话，就要将马良杀掉，夺走神笔。马良无可奈何，挥起神笔，"唰唰"几下，纸上出现了一片无边的大海，大海中央有一个小岛，岛上有一株又高又大的摇钱树。马良又画了一只巨大的木船，皇帝带上人上了木船。马良又画了几笔风，大木船便顺风而行。马良继续不停地画风，风越来越大，海风卷起一层层的滔天巨浪，船被巨浪打翻了，皇帝也沉到了海底。

“神笔马良”的故事，就这样传开了。但是，马良后来怎样了呢？大家都不清楚。有的说：他回到自己的家乡，和那些种地的伙伴在一起。有的说：他到处流浪，专门给许多穷苦的人画画。

思考题

你知道西方最有名的十位画家是谁吗？问一问。

答 案

米开朗基罗、达·芬奇、鲁本斯、伦勃朗、安格尔、塞尚、莫奈、凡·高、毕加索、达利。

在小学三年级语文课本（上册）中，同学们学到了一首诗《枫桥夜泊》。这首七绝，是历代诗歌中极其著名之作。全诗以一个“愁”字统起，既描写了秋夜江边之景，又表达了作者思乡之情，营造了一种空灵旷远的意境，令人回味无穷。下面我们就跟随着诗人张继一起去枫桥边看看吧！

枫桥夜泊

唐代诗人张继，有一次在旅途中，乘船经过古代交通要道姑苏的枫桥，因为当时天色已晚，张继便让船家把船停泊在岸边，过一夜再走。

时令已是秋天，夜深人静之时，孤身一人在外的张继睡不着觉。此时此刻，月亮已经西沉，偶尔，树上被惊醒的乌鸦发出几声啼叫；霜华漫天盖地，寒意侵人。唯有岸边黑黝黝的枫树和远远几处明灭的渔火，陪伴着他这个心怀旅愁的孤舟之客，度过寂静的夜晚。

张继正在望月怅惘之时，突然间，岸上的寒山寺响起了洪亮的半夜钟声，钟声辽远而悠长，清新而古朴，在寂静的江岸边久久地回荡……这钟声给予了张继无比鲜明的印象，特别强烈的感受，顿时，他文思如泉，创作灵感被激发了，一首永世流传的名诗，从他口中吟诵出来：

月落乌啼霜满天，
江枫渔火对愁眠。

姑苏城外寒山寺，

夜半钟声到客船。

短短的二十八个字，却充满了浓浓的诗情画意，营造了一种空灵旷远的意境，给人的印象特别鲜明，特别强烈，使人永远难以忘怀。从此之后，寒山寺的钟声也就大大不同于一般寺庙里的钟声，而名扬中外，传颂不绝了。国内外许多人一次又一次地游寒山寺，便是为了去体味张继所传给他们的诗意美。

清代诗人王渔洋，有一次路过枫桥，也吩咐船家泊船过夜。当时夜已漆黑，风雨交加，岸上道路泥泞，但他一概不管，一定要亲自上岸到寒山寺去实地领略一下。家人怕他在风雨中受寒得病，而他却兴致勃勃地说："这有什么要紧？今天非去不可！我自有办法的。"于是，王渔洋找出一双鞋穿在脚上，登岸后撩起衣袍的下角，直奔寒山寺。由于时间太晚，到了那里，寺门早已关上，而且当时寒山寺也不在半夜鸣钟了。但王渔洋仍旧立在风雨之中，想象着张继的诗意，吟唱了自己即兴创作的两首诗，这才尽兴回船。

直到如今，还有数不尽的国内外游览者，涌到寒山寺来，特别是每年除夕夜，大批的游客专程聚集在寒山寺，倾听悠扬的半夜钟声，同时爱不释手地抚摸着、敲击着那传给他们诗意美的大钟。而这一切，都是因为千年前的那一个夜晚，张继兴之所至写下的那一首《枫桥夜泊》。

思考题

描写枫叶的诗作很多，你还读过哪些？

答　案

停车坐爱枫林晚，霜叶红于二月花。——杜牧《山行》

浔阳江头夜送客，枫叶荻花秋瑟瑟。——白居易《琵琶行》

明朝挂帆去，枫叶落纷纷。——李白《夜泊牛渚怀古》

小学三年级语文课本（下册）有一篇习作，是让我们了解端午节的习俗和儿歌，然后写一篇和端午节有关的作文。提起端午节，大家一定会想起一个人，那就是中国伟大的诗人屈原，据说端午节吃粽子、赛龙舟就是为了纪念这位伟大的诗人呢。

屈原和端午节

每年的农历五月初五，是我国传统的端午节，又称端阳、重五、端五节。早在周朝，就有“五月五日，蓄兰而沐”的习俗。不过，传说今天端午节的许多活动其实都与纪念我国伟大的文学家屈原有关。

战国时代，楚秦争夺霸权，大诗人屈原当时是战国时代楚国的三闾大夫，他是一位爱民而且受到人民尊敬和崇敬的官吏，原本很受楚王器重，然而屈原的主张遭到上官大夫靳尚为首的守旧派的反对，他们不断在楚怀王的面前诋毁屈原，于是，楚怀王渐渐疏远和冷落了屈原。心怀大志，有着远大抱负的屈原倍感痛心，他怀着难以抑制的忧郁悲愤，常常独自一人在江边徘徊叹息，他写了一篇名叫《离骚》的长诗，把对楚国的忧虑和自己的怨愤都写了进去。“离骚”就是“离忧”，人在遭遇忧愁的时候，怎能不呼叫上天和父母，以此抒发自己的怨愤呢！

公元前229年，秦国攻占了楚国八座城池，接着又派使臣请楚怀王去秦国议和。屈原看破了秦王的阴谋，冒死进宫陈述利害，让楚怀王不要上当。可是，楚怀王不但不听，反而命人将屈原逐出郢都。楚怀王如期赴会，一到秦国就被囚禁起来，楚怀王悔恨交加，忧郁成疾，三年后客死于秦国。不久，秦王又派兵攻打楚国，秦兵一路高歌，很快攻占楚国的郢城。屈原在流放途中，接连听到楚怀王客死和郢城攻破的噩耗，眼看着国家急难而无法拯救他的国家，万念俱灰，仰天长叹一声，投入了滚滚激流的汨罗江。

江上的渔夫和岸上的百姓，听说屈原大夫投江自尽，都纷纷来到江上，奋力打捞屈原的尸体。人们纷纷拿出家中的粽子、鸡蛋投入江中，让鱼吃了就不会去咬屈大夫尸身。一位老医师拿了一坛雄黄酒倒进江里，说是要药晕了蛟龙，使它不能伤害屈大夫的尸体。过不了多久，水面上竟然真的浮起了一条昏晕的蛟龙，龙须上还沾着一片屈大夫的衣襟，人们就把这恶龙拉上岸，抽了筋，然后把龙筋缠在孩子们的手上、脖子上，又用雄黄酒抹七窍，有的还在小孩子额头上写上一个“王”字，使那些毒蛇害虫都不敢来伤害他们。

百姓相信爱国诗人是不会死的，以后每一年的五月初五——屈原大夫投江殉难日，楚国人民都要摇着龙船，到江上划龙舟，投粽子，喝雄黄酒，以此来纪念伟大的诗人屈原。屈原的爱国精神，已经在中国人民心中生了根，而端午节的风俗也就这样一代一代地流传下来。

思考题

你了解屈原最伟大的作品《离骚》吗?

答 案

《离骚》是屈原最成熟的作品，是中国古代最宏大的一篇抒情诗。前半部分是现实的叙述，写他改良政治的理想和遭遇。后半部分加入了许多奇特的幻想，他在风、雨、雷、电、云、月以及凤凰和龙的陪伴下，在天空中驰骋，上天下地去追求他所理想的对象，结果失望了。诗人把自然现象、历史人物、传说糅成一体，编织成为瑰丽的浪漫主义艺术形象，达到了思想性和艺术性的高度结合。鲁迅称赞屈原："逸响伟辞，卓绝一世。"

记忆经典

小学五年级语文课本（上册）有一篇课文《黄果树瀑布》，里面提到了徐霞客。徐霞客是江苏江阴人，是明朝末期的地理学家、探险家、旅行家和文学家。他经40年考察撰写而成的《徐霞客游记》既是系统考察祖国地貌地质的地理名著，又是描绘华夏风景资源的旅游巨篇，还是文字优美的文学佳作，在国内外具有深远的影响。下面就让我们跟随这位勇敢的先贤的脚步，去祖国的名山大川，走一走，看一看吧！

勇敢的徐霞客

著名的旅行家徐霞客是一个非常勇敢、敢于冒险的人。

传说徐霞客二十八岁那年，来到温州攀登雁荡山。他想起曾经在一本古书上看到过，说雁荡山山顶有个大湖，就决定爬到山顶去看看。

历尽艰辛，徐霞客终于爬到了山顶。他环顾四周，只见山脊笔直，简直无处下脚，怎么可能有湖呢？可是，徐霞客仍不肯罢休，于是继续前行，来到一个大悬崖，这下前面根本就没有路可走了。徐霞客还不死心，他仔细观察悬崖，发现悬崖下面有一个小小的平台，不知道平台下面有什么。他就用一条长长的布带系在悬崖顶上的一块岩石上，然后双手抓住布带悬空而下。好不容易来到了小平台上，徐霞客

这才发现平台下面就是悬崖绝壁，崖深百丈，根本无法下去。他只好抓住布带，脚蹬悬崖，吃力地往上爬，准备爬回崖顶。爬着爬着，突然，带子断了，徐霞客差一点从悬崖上摔下去，幸好他机敏地抓住了一块突出的岩石，才没有掉下深渊摔得粉身碎骨。过了一会儿，徐霞客镇定下来，小心翼翼地把断了的带子重新结起来，又费力地向上攀缘，终于爬上了崖顶。

还有一次，徐霞客去黄山考察，途中遇到非常大的暴风雪。当地人告诉他山上有些地方的积雪有齐腰深，根本看不到登山的路，非常危险，叮嘱他千万不要上山。可是徐霞客没有被吓住，他拄了一根铁杖探路，就上山了。一开始，路还好走一点；上到半山腰，山势越来越陡；徐霞客几乎是手足并用，才能勉强攀登。山坡背阴的地方最难攀登，路上结成坚冰，又陡又滑，脚一踩上去，就会滑下来，徐霞客就用铁杖在冰上凿出一个个坑，脚踩着坑一步一步地缓慢攀登，历尽千辛万苦，终于爬上了山顶。山上的僧人看到徐霞客都十分惊奇，因为他们被大雪困在山上已经好几个月了，没想到这个外乡人居然自己一个人爬上了山，真是了不起！

徐霞客还走过福建武夷山的三条险径：大王峰的百丈危梯，白云岩的千仞绝壁和接笋峰的“鸡胸”、“龙脊”。在他登上大王峰时，已是日头将落，根本就寻不到下山的路，徐霞客就用手抓住攀悬的荆棘，“乱坠而下”。他在中岳嵩山，从太室绝顶上也是顺着山峡往下悬溜下来的。

徐霞客的确是一位千古奇人。现在，《徐霞客游记》开篇之日（5月19日）被定为中国旅游日，用以纪念这位伟大的旅行家、探险家、地理学家和文学家。

思考题

徐霞客游览过黄山之后，曾经写下了非常有名的诗句，你知道吗？

答　案

五岳归来不看山，黄山归来不看岳。

小学语文课本上有一首古诗《望洞庭》，作者是唐代著名的大诗人和哲学家刘禹锡。刘禹锡不仅博学多才，还精通医术，他的诗词豪迈旷远，被人们尊称为“诗豪”。其实，刘禹锡最被人们津津乐道的一篇作品是《陋室铭》，据说，刘禹锡当年写作《陋室铭》，还有一段故事呢！

刘禹锡和《陋室铭》

唐代大诗人刘禹锡自小文采出众，他18岁就考取进了士，后来不断擢升，先后担任过监察御史、太子宾客、检校礼部尚书等职。刘禹锡一生正直，不同流合污，在朝内反对宦官的腐败和藩镇的割据势力，后来因为参与王叔文的“永贞革新”，被一贬再贬，逐出洛阳长达20余年之久，最后被贬为安徽和州县刺史。

按朝廷规定，刘禹锡的住房应在县衙内，但是和州县太爷是个“势利眼”，看人下菜。面对刘禹锡这位已经下台的干部，当然要给他点颜色看看，顺便讨好一下自己的主子，于是就不让刘禹锡住进县衙，而是安排他到城南临江的三间民房居住。对此，聪明的刘禹锡当然是心知肚明，可他不但不生气，反而很高兴地住了过去。来到这三间民居，刘禹锡环视住地，顺手撰写了一副对联贴在门上。上联为：“面对大江观白帆”下联是：“身在和州思争辩”。

和州知县见了这副对联，心里很不高兴，简直是气不打一处来。他心想：好小子，不让你住县衙，不但没有制服你，反倒为你办了件好事。于是，知县又心生一计，让刘禹锡从城南门搬到城北门，住房也由原来的三室减为一室半。知县得意地想：这下我看你还怎么“面对大江观白帆?”

刘禹锡也不生气，照旧笑眯眯地从城南门搬到城北门，他慧眼独具，发现此房虽小，也不临江，却位于德胜河边，岸边还有一排老柳树，风景十分秀丽怡人。于是，刘禹锡便又作一联：“杨柳青青河水平，人在历阳心在京。”

知县看了又恼火又害怕，恼他不识时务，怕他惹出麻烦牵连自己，便再次下令将他的住所搬到城中一间只能放一床、一桌、一椅的破旧小屋，看刘禹锡还能写出什么对联？这一次的房子极小，室内几乎无立足之地，刘禹锡的门前逐渐寂寥。可是，对于一个不向恶势力低头，宁折不弯的人来说，绝处的努力，常常会有逢生的回报。逆境使诗人的灵魂更加高洁，在这样的环境下，刘禹锡居然灵感迸发，文思如泉，一气呵成写成了《陋室铭》，并请人碑刻后竖于门外。这篇精妙的短文构思巧妙，寓意深刻又发人深思，充分显示出作者的博大胸怀、高尚情操以及安贫乐道的生活态度。

知县本来怕刘禹锡惹事，想出各种手段压制他，却没想到反而促成刘禹锡写出了这篇《陋室铭》。此文面世后，路人争相传抄吟诵，一时间小城沸沸扬扬，赞赏之声不绝于耳。《陋室铭》真正成为一篇传世之作，流传千古。

思考题

你会背刘禹锡的这篇传世经典《陋室铭》吗？

答　案

山不在高，有仙则名。水不在深，有龙则灵。斯是陋室，惟吾德馨。苔痕上阶绿，草色入帘青。谈笑有鸿儒，往来无白丁。可以调素琴，阅金经。无丝竹之乱耳，无案牍之劳形。南阳诸葛庐，西蜀子云亭。孔子云：何陋之有？

小学六年级语文课本（下册）有一篇课文《孔子游春》，讲述了古代大教育家孔子在泗水河畔借流水教育弟子的故事。孔子，名丘，字仲尼，是春秋末期鲁国人，中国古代著名的思想家、政治家、教育家，儒家学派的创始人。孔子一生从事传道、授业、解惑，被中国人尊称“至圣先师，万世师表”。相传，孔子有弟子三千，贤弟子七十二人，他曾带领弟子周游列国。下面我们就来读一个孔子和他的弟子周游列国时发生的小故事。

孔夫子妙对农夫

传说有一年的阳春三月，正是风和日丽，孔子和他的弟子们出游来到了楚国的郢城（现在的湖北江陵）。

一天，孔子和弟子们路过一块田地。当时正在田中干活的农夫们听说孔夫子很有学问，便想考考他。大家伙一商量，想出了一个好点子，便在孔子经过的路上放了一担泥巴，然后又出了一个上联，写在地上，让孔子及弟子们对。如果对上了，便让孔子及弟子们从大路通过；如果对不上，只好委屈孔老夫子和弟子们一起从水田里走过去。农夫们出的上联是：

一担重泥拦子路。

孔子和弟子们走到农夫们放泥巴的路上，猛然间看见一担泥巴放在大路中间，还以为是楚人同他们开个玩笑，甚至可能是恶作剧。可是，当孔子和弟子们走到跟前，仔细一看，才发现在泥巴旁边竟然还写着一个上联，这才明白过来，原来是有人要考他们。说实话，这上联倒也有几分刁钻，一时之间，还真难住了孔子。只见孔夫子脸上布满了愁云，在大路上踱来踱去，绞尽脑汁，可一时间却怎么也对不上来。

眼看老师一筹莫展，下不来台，弟子颜回便走上前去，想把那担泥巴挑走，挪出路来，但无论他怎么挑，那堆烂泥都软乎乎地摊在地上，怎么也挑不起来。在大路两边水田里干活的农夫们，看到颜回那副滑稽的模样，忍不住都哈哈大笑起来。

孔子见状，刹那间灵光一闪，顿时开窍，大声道："有了，有了！"随口便吟诵道：

两边夫子笑颜回。

田中农夫见孔老夫子对出下联，而且十分工整巧妙，不禁齐声喝彩，赶紧上前将泥巴挑开，恭恭敬敬地向孔子行了一个礼，给孔夫子一行让路。

"子路"和"颜回"都是孔夫子的学生，"子"又是指孔子，农夫们出的上联语句绝妙，而孔子的对句也天衣无缝，这个故事也成为一段佳话，流传至今。

思考题

《论语》是孔子的代表作吗？

答　案

《论语》不是孔子的代表作。孔子死后，其弟子及再传弟子把孔子的言行语录和思想记录下来，整理编成著名的儒家学派经典《论语》。

在小学四年级（上册）的语文课本中，同学们学习了一首古诗：《江雪》，作者是唐代著名诗人柳宗元。柳宗元，世人称之为“柳河东”、“河东先生”，是我国唐朝著名的文学家、哲学家、散文家和思想家，与韩愈共同倡导唐代古文运动，并称为“韩柳”。关于柳宗元和《江雪》，在民间还流传着一个鲜为人知的小故事呢！

柳宗元和《江雪》

传说柳宗元被贬柳州后，整天郁郁寡欢，终日闭门谢客，以饮酒吟诗打发时光。空闲的时候，就教小书童柳植写字作诗。这孩子聪明伶俐，一学就会，经柳宗元悉心教导，渐渐地，不但能吟诗作对，而且写得一手好字，特别是能把主人的笔迹模仿地惟妙惟肖，因此深得柳宗元的喜爱。

那年冬天，柳州居然下了一场大雪，一时间，真是江山尽染，银蛇腊象，银装素裹，分外妖娆。整个柳州成了一个粉妆玉砌的世界。知府邀请柳州的文人墨客在鱼峰山上的“望江亭”喝酒赏雪。席间，知府大人要来客每人做一首赏雪诗助兴，并规定最后一个字必须是个“雪”字。那帮文人写的尽是些俗不可耐的吹捧之诗，柳宗元内心极其厌烦。

他独自不动声色地喝酒，轮到他写时，已酩酊大醉，他告诫自己绝不能随波逐流，便迷迷糊糊地走到桌前，信手写下了“千万孤独”四个大字。写完后，柳宗元已烂醉如泥，摇摇晃晃趴在桌上睡着了。

知府大人见柳宗元只写了这么四个字，心里十分不满，他卷起宣纸，准备打道回府。小书童柳植见状，心知不妙，只怕主人得罪了知府大人了，这四个字也许会成为整治主人的罪证呢。柳植急忙追上前去，在半山腰拦住轿子道：“启禀老爷，我家主人酒醒了，深表歉意，特命小的来取那没写完的诗稿，让他继续写完。”知府听了，没好气地说：“叫他快点写，我在这儿等他。”

柳植拿了只有“千万孤独”四个字的诗稿，回到望江亭，只见主人还躺在石凳上，任凭柳植千呼万唤，又拖又拽，都没法把柳宗元弄醒。柳植见知府还在半山腰等着，急得他望着茫茫白雪大哭起来。这时，在柳江江边，恰好有一叶小鱼船，停泊在浩渺的江天之中，一位老渔翁，披着蓑衣，正独自一人在那里垂钓。柳植触景生情，突然间诗兴勃发，忘我地拿起笔，勇敢地在“千万孤独”四个字下面，挥毫添上诗句，就成了一首咏雪诗，最后一个字正是个“雪”字，符合知府大人的要求。柳植欢天喜地地写上了诗名《江雪》，兴冲冲地向山腰跑去，知府看着那潇洒飘逸的笔迹，以为是柳宗元之作，便高兴地下山去了。

直到傍晚，柳宗元才酒醒过来，柳植便把自己如何写诗搪塞知府的事告诉了他，并将诗句朗诵给他听。柳宗元听了，不禁连声赞赏道：“柳植，你写得不错啊！这可是一幅绝妙的寒江独钓图啊！”

从此，这首《江雪》诗便成为我国诗坛的千古绝唱。

思考题

柳宗元是“唐宋八大家”之一，你知道，“唐宋八大家”是指哪八个人吗？

答　案

唐代的韩愈、柳宗元，宋代的欧阳修、苏洵、苏轼、苏辙、王安石和曾巩，并称“唐宋八大家”。

在学习《卧薪尝胆》这篇课文时，同学们一定都听过这样一副对联：上联是："有志者，事竟成，破釜沉舟，百二秦关终属楚"，下联是"苦心人，天不负，卧薪尝胆，三千越甲可吞吴"。这副对联其实是蒲松龄在屡次落第之后写下来激励自己的。下面我们就来读一个蒲松龄小时候的故事。

蒲松龄巧对气乡绅

蒲松龄是清代著名的文学家。他的短篇小说集《聊斋志异》："写鬼写妖高人一等，刺贪刺虐入骨三分"，在文学史上具有重要的地位。

蒲松龄自幼聪明好学，很小的时候就显示出了不凡的文采，为村里人所称赞。当时，蒲松龄所在的村子里有一个姓石的乡绅十分嫉妒蒲松龄的才名，他认为自己比蒲松龄更有文采，所以一心想找个机会显露一下自己的"才学"，胜过蒲松龄。

一天，这个乡绅找到正在和小伙伴们嬉戏玩耍的蒲松龄，指着不远处被塌落的砖墙砸死的一只小鸡，信口诌道："细羽家禽砖后死"，念罢，他又得意扬扬地要蒲松龄来对。

聪明的蒲松龄早就熟知乡绅的为人，他眉头一皱，就心生一计，于是假装为难地对乡绅说："我才疏学浅，哪能对得上先生出的妙句啊！

不过既然先生非要我学着对不可，我就一个字一个字地试着对对看吧！”

乡绅信以为真，便点头同意了。

蒲松龄又说：“不过，还得请先生帮我个忙。我念一个，先生帮我记一个，要不然，我年纪小，对完后面的，前面的只怕也就忘了。”

乡绅一听，不由更得意了，心想：哼！这一回，准能看上这个小家伙的笑话了。于是，乡绅毫不犹豫地回答说：“好，好，你说我记！”

于是，蒲松龄扳着手指头，一字一字地对开了：“粗可以对细，毛能对羽，有家必有野，有禽还有兽，石同砖成对，先与后可联，生死相对，自不必说。哎！总算都凑上了，请先生连起来看看，我这对子还算工整吗？”

乡绅照蒲松龄对的字一念，脸色“刷”地变得如猪血般紫红。原来，这七个字连起来正好是：“粗毛野兽石先生”。

蒲松龄和小伙伴们齐声喊着这个对句，连蹦带跳地跑远了。这个捞了一顶“粗毛野兽”桂冠的石乡绅，只好自认晦气。

长大后，蒲松龄屡次应试皆落第，但他并没有因此而气馁，而是继续追求成功。为了实现自己的夙愿，他全身心地投入到读书中去，向时间索取知识和财富。他说：“耗精神与号呼，掷光阴与醉梦，殊可惜也！”

蒲松龄还坚持不懈地从群众中获取知识，他在家乡靠近大路旁的一棵大树下面，铺一张芦席，设茶备食，凡是路过此地的人，他都免费供茶供食，请他们讲一两个民间故事。

就这样，年复一年，日复一日，蒲松龄广泛搜集素材，勤奋写作。历经20年，他终于写成了闻名中外的短篇小说集《聊斋志异》。这部著作通过说狐谈鬼的表现方式，对社会的黑暗面进行批判，并“寓赏罚于嬉笑”，具有百诵不厌的艺术魅力。

思考题

你读过《聊斋志异》吗？你知道其中有哪些经典的故事吗？

答　案

《聊斋志异》有六个最具代表性的故事，包括《小倩》《陆判》《画皮》《小翠》《阿宝》《小谢与秋容》，各有不同的特色与风格。

小学六年级语文课本（下册）有一篇课文《三打白骨精》，这位三打白骨精的英雄就是火眼金睛、神通广大的美猴王孙悟空，他是一个神话英雄，也是中国人家喻户晓、老幼皆知的人物。孙悟空大闹天宫，护送唐僧到西天取经，他那种天不怕地不怕，不惧神鬼，敢于反抗，敢于斗争的英雄行为给中国人留下了深刻的印象。因此，《西游记》被列为明代四大奇书之一。下面我们就来读一个关于《西游记》的作者吴承恩的故事。

吴承恩练字

吴承恩，字汝忠，号射阳山人，是中国明代杰出的小说家。

吴承恩出生于一个由下级官吏沦落为小商人的家庭，他的父亲吴锐为他取名承恩，字汝忠，意思是希望他能读书做官，上承皇恩，下泽黎民，做一个青史留名的忠臣。

吴承恩小时候家里很穷，常常连买纸张的钱也挤不出来。他的父亲是个读书人，为了教孩子读书写字，他可没少花了心血。有一天，吴承恩的父亲从湖边经过，发现一堆被农民扔掉的蒲根，便拾了几根带回家，他先把蒲根洗净，晒干，然后把它剥开，铺平，叫小承恩在上面写字。

吴承恩听父亲让他在蒲根上练字，便撅起小嘴，不高兴地说：“在蒲根上写字，多难受啊！”

父亲见承恩老是不想动笔，便心平气和地说：“你还记得宋代文学家欧阳修的故事吗？他小的时候，家境比咱们家更难，连笔墨都买不起，他母亲就叫他用芦柴棒子在地上学着写字。还有抗金英雄岳飞，小时候也是用树枝在沙上练字的。现在，你能用笔墨在蒲根上写字，已经很不错了，难道还不该满足吗？”

听了父亲的话，吴承恩深受感动，当即惭愧地承认了错误。从此，他一有空儿就到湖边抱回一堆蒲根，学着父亲的办法整理好，然后在根片上一笔一画地写啊，写啊，不知不觉，用过的蒲根就堆了一人多高。

俗话说：“功夫不负有心人”。吴承恩通过勤学苦练，不但把字儿练得超群出众，而且练出了一手人人叹服的好文章。他成年后，成功创作了妇幼皆知的不朽名著《西游记》。这部神魔小说借助唐僧师徒在取经路上经历的八十一难折射出人间现实社会的种种情况。小说想象大胆，构思新奇，在人物塑造上采用人、神、兽三位一体的塑造方法，创造出孙悟空，猪八戒等不朽的艺术形象。《西游记》是古代长篇小说浪漫主义的高峰，在世界文学史上，它也是浪漫主义的杰作。《美国大百科全书》认为它是“一部具有丰富内容和光辉思想的神话小说”，《法国大百科全书》说：“全书故事的描写充满幽默和风趣，给读者以浓厚的趣味。”从 19 世纪开始，它被翻译为日、英、法、德、俄等十几种文字流行于世。

思考题

你知道《西游记》是以谁的故事为蓝本写成的吗？

答 案

吴承恩杰出的长篇神魔小说《西游记》以唐代玄奘和尚赴天竺学习佛教的经历为蓝本，在《大唐西域记》《大唐慈恩寺三藏法师传》等作品的基础上，经过整理、构思最终写定。

小学五年级语文课本（上册）有一篇课文《金蝉脱壳》。金蝉脱壳是三十六计之一，它的本意是指寒蝉在蜕变时，本体脱离皮壳而走，只留下蝉蜕还挂在枝头。此计用于战斗中，是指通过伪装摆脱敌人，撤退或转移，以实现我方的战略目标的一种谋略。下面我们就来读一个宋朝大将毕再遇巧施金蝉脱壳之计，安全转移的故事吧！

金蝉脱壳

相传宋朝开禧年间，金兵屡次进犯中原。宋将毕再遇与金军对垒，打了几次胜仗。金兵不甘心，又大举调集了数万名精锐骑兵，要与宋军决一死战。此时，宋军只有几千人马，如果与金军决战，必败无疑。毕再遇为了保存实力，准备暂时撤退。可是这时金军已经兵临城下，如果知道宋军撤退，肯定会追杀。那样，宋军的损失一定会非常惨重。毕再遇苦苦思索着如何才能蒙蔽金兵的视线，转移部队。就在这时，只听帐外一阵“得得得”的马蹄声响，毕再遇受到启发，顿时计上心来。

毕再遇暗中做好撤退部署，当天半夜时分，下令兵士擂响战鼓，金军听见鼓响，以为宋军趁夜劫营，急忙集合部队，准备迎战。哪知道半天只听见宋营战鼓隆隆，却不见一个宋兵出城。宋军连续不断地击鼓，搅得金兵整夜不得休息。这时，金军的头领若有所悟：原来宋军采用的是疲兵之计，用战鼓搅得我们不得安宁。好吧，你擂你的鼓，我睡我的觉，再也不会上你的当。于是，宋营的鼓声连续响了两天两夜，而金兵根本不予理会。到了第三天，金兵发现，宋营的鼓声逐渐微弱，金军首领断定宋军已经疲惫，就派军分几路包抄，小心翼翼靠近宋营。见宋营毫无反应，金军首领一声令下，金兵便蜂拥而上，冲进宋营，这才发现宋军居然已经全部安全撤离了。

原来毕再遇使了“金蝉脱壳”之计。他命令兵士将数十只羊的后腿捆好绑在树上，使倒悬的羊的前腿拼命蹬踢，又在羊腿下放了几十面鼓，羊腿拼命蹬踢，鼓声隆隆不断。毕再遇用“悬羊击鼓”的计策迷惑了敌军，利用两天的时间安全转移了。

思考题

你知道三十六计都有哪些计策吗?

答　案

《三十六计》也称“三十六策”，是指中国古代三十六个兵法策略，它包括：

瞒天过海、围魏救赵、借刀杀人、以逸待劳、趁火打劫、声东击西、无中生有、暗度陈仓、隔岸观火、笑里藏刀、李代桃僵、顺手牵羊、打草惊蛇、借尸还魂、调虎离山、欲擒故纵、抛砖引玉、擒贼擒王、釜底抽薪、浑水摸鱼、金蝉脱壳、关门捉贼、远交近攻、假道伐虢、偷梁换柱、指桑骂槐、假痴不癫、上屋抽梯、树上开花、反客为主、美人计、空城计、反间计、苦肉计、连环计、走为上计。

在小学五年级语文课本（上册）《滴水穿石的启示》一课中，同学们学习了一个成语“锲而不舍”。这个成语出自荀子的《劝学》：“锲而舍之，朽木不折；锲而不舍，金石可镂。”“锲”是指雕刻某件东西，这句话的意思是一直雕刻下去，不放手，只要有恒心，有毅力，不放弃，那么你可以把金石刻成丝线那样的精美之物；反之，如果半途而废，放弃了，不干了，那么朽木也不可能被你折断。这句话极有哲理，因为写出这句话的荀子是一个非常有智慧的人。

荀子的故事

春秋战国时期是我国学术史上的黄金时代，这期间出了许多伟大的思想家，像孔子、孟子、荀子、庄子、老子、韩非子等，都是大家非常熟悉的人物。今天我们就来讲一个关于荀子的故事。

相传荀子从小就非常聪明，十岁时就已经有“神童”的美誉，学问很好。长大后，荀子曾北游燕国，但是很可惜，没被燕王赏识。到荀子五十岁时，由于齐襄王招纳贤士，许多学者都前往齐国讲学，加上齐国以藏书丰富出名，所以荀子也被吸引前往齐国。

荀子在齐国待了几年，很受齐王尊敬，被封为“列大夫”，当了齐国的顾问。因为荀子年纪比较大，学问又好，因此他在五十三岁到七八十岁之间，曾三度被众人推选为“祭酒”。也就是每当国家有重要的宴会或祭典时，由荀子出面代表行祭酒的礼节。当时，齐国有些气量狭小的人，眼看次次都是荀子当“祭酒”，不免十分眼红，就到处说荀子的坏话。齐王听信谗言后，渐渐地和荀子疏远了。荀子是个有骨气的人，不愿再留下去，就决定离开齐国。

离开齐国以后，荀子已是八十一岁的老翁了，不知往哪儿去，心情沉重万分。他听人说楚国的春申君爱好贤士，就决定到楚国去。春申君仰慕荀子美名，决定请他担任“兰陵令”。荀子年纪大了，不想再过漂泊的生活，便答应了这个行政职务。

没想到荀子的运气坏得很，春申君有位门客对春申君进谗言说：“商汤以亳为根据地，周武王以鄗起家，都不过拥有百里之地，结果都统一了天下。现在你给荀子一百里地，他又是天下有名的贤人，你不怕吗?”春申君考虑再三，终于还是心有忧虑，便辞退了荀子。荀子也懒得去解释，拖着蹒跚的步伐又上路了。

荀子经过秦国，拜见了秦昭王。此时，秦昭王正和范雎设计“远交近攻”的阴谋攻伐天下，对荀子讲的大道理一点兴趣也没有，荀子只好回到赵国。

春申君赶走了荀子后，感到十分后悔，加上有人责备他：“从前，伊尹去夏入商，不久夏朝灭亡，商朝兴起；管仲去鲁入齐，于是，鲁国衰弱，齐国高强，能干的国君应该懂得任用贤人。”春申君就派人到赵国三请四请荀子，并且再三赔不是，荀子拗不过春申君的好意，便又回到楚国去当兰陵令。荀子认为：礼是社会上自然形成的公共法则，每个人都得遵守，不能选择，不许怀疑。在他担任兰陵令时，李斯、韩非都曾拜在他的门下，以后就是这两个学生把荀子学说发扬光大成为法家思想。

过了几年，春申君死了，荀子也九十八岁了，就辞了官，写了三十二篇文章，这就是传留后世的儒家名著——《荀子》。

思考题

你知道荀子留下了哪些传世名言吗？

答　案

学不可以已。青，取之于蓝，而青于蓝。——《劝学》

大巧在所不为，大智在所不虑。——《天论》

木受绳则直，金就砺则利，君子博学而日参省乎己，则知明而行无过矣。——《劝学》

不登高山，不知天之高也；不临深溪，不知地之厚也；不闻先王之遗言，不知学问之大也。——《劝学》

肉腐生虫，鱼枯生蠹。怠慢忘身，祸灾乃作。——《劝学》

积土成山，风雨兴焉；积水成渊，蛟龙生焉；积善成德，而神明自得，圣心备焉。——《劝学》

不积跬步，无以至千里；不积小流，无以成江海。——《劝学》

锲而舍之，朽木不折；锲而不舍，金石可镂。——《劝学》

小学三年级语文课本（上册）有一篇课文《卧薪尝胆》，讲的是越王勾践卧薪尝胆，发愤图强，经过二十多年的努力，终于转弱为强，出奇兵灭掉吴国的故事。其实，在民间，还流传着另外一个版本的故事：越国能够灭掉吴国，离不开一位大功臣、奇女子，她就是中国“四大美女”之首的西施。

西施沉鱼

相传，西施与王昭君、貂蝉、杨玉环并称为中国古代四大美女，四大美女都天生丽质，享有“闭月羞花之貌，沉鱼落雁之容”。

西施，原名施夷光，是春秋战国时期人。相传西施在溪边浣纱时，水中的鱼儿被她的美丽所吸引，看得发呆，都忘记了游泳，以至纷纷沉入水底，所以后世便用“沉鱼”来形容女子的美貌。沉鱼、落雁、闭月、羞花，沉鱼为先；国色天香四大美女，西施居首。

传说施夷光家世代居住在诸暨的苎萝村（今诸暨市城南浣纱村）。因为苎萝有东西二村，夷光住在西村，故名西施。西施的父以卖柴为生，母亲则每天浣纱帮衬家里，西施也经常在小溪里浣纱，故又称浣纱女。西施天生丽质，禀赋绝伦，相传连皱眉抚胸的病态，都被邻家女子模仿，故有“东施效颦”的典故。

越王勾践三年（前 **494** 年），吴王夫差在夫椒击败越国，越王勾践退守会稽山，受吴军围攻，被迫向吴国求和，勾践无可奈何之下入吴做人质。勾践为了复国大业，在吴国忍辱负重，终于获得夫差的信任，被放回越国。当时越国称臣于吴国，勾践针对“吴王淫而好色”的弱点，与谋臣范蠡设下计策：越王勾践一面将西施送给夫差，迷惑夫差；一面在国内卧薪尝胆，图谋复国之计。

当时，越王宠爱的一名宫女认为：“真正的美人必须具备三个条件，一是美貌，二是善歌舞，三是体态。”西施只具备了第一个条件，还缺乏其他两个条件。于是，西施足足花了三年时间，学习歌舞和步履、礼仪等。西施发愤苦练，在悠扬的乐曲中，翩翩起舞，婀娜迷人；进而训练礼节，一位浣纱女成为修养有素的宫女，一举手，一投足，均显出体态美，待人接物，十分得体。最后，越国给西施制作了华丽高贵的宫装，将她进献吴王。吴王夫差见到西施大喜，在姑苏建造春宵宫，筑大池，池中设青龙舟，每天与西施在水边嬉戏，又为西施建造了表演歌舞和欢宴的馆娃阁、灵馆等。因为西施擅长跳“响屐舞”，夫差又专门为她修筑了“响屐廊”，用数以百计的大缸，上面铺上木板，西施穿着木屐起舞，裙脚系着小铃铛，每当西施舞蹈时，铃声和大缸的回响声，“铮铮嗒嗒”交织在一起，使夫差如醉如痴，沉湎女色，不理朝政，终于走向亡国丧命的道路。

在国难当头之际，西施忍辱负重，以身许国，同意越王勾践将自己献给吴王夫差，成为吴王最宠爱的妃子，把吴王迷惑得众叛亲离，无心于国事，为勾践的东山再起起到了掩护作用，表现了一个爱国女子的高尚思想情操。后来，吴国终于被勾践所灭。传说吴国被灭后，西施与范蠡泛舟五湖，不知所终，但这位忍辱负重，以身许国的绝代佳人，却一直受到后人的怀念。

思考题

著名诗人苏轼曾在一首诗中将西湖比喻为西施，成为脍炙人口的名篇，你知道是哪一首吗？

答　案

饮湖上初晴后雨·其二

苏　轼

水光潋滟晴方好，山色空蒙雨亦奇。

欲把西湖比西子，淡妆浓抹总相宜。

在小学五年级语文课本上册“练习2”中，同学们学习了一个歇后语：“姜太公钓鱼——愿者上钩”。姜太公，本名吕尚，字子牙，后人多称其为姜子牙、姜太公。现实中的姜子牙，善长治国，但不会像《封神榜》里那样，会那么多道术。他是齐国的缔造者，齐文化的创始人，也是中国历史上最享盛名的政治家、军事家和谋略家。历代典籍都公认他的历史地位，儒、道、法、兵、纵横诸家皆追他为本家人物，被尊为“百家宗师”。下面我们就一起去读读这个流传千古的姜太公钓鱼的故事吧！

姜太公钓鱼

姜子牙的先祖是名门望族，到了姜子牙出生时，早已家道中落。姜子牙年轻的时候，位卑言轻，备尝贫寒。但姜子牙却寒窗苦读，修得满腹经纶、文韬武略。即使在漂泊不定，生活窘迫之时，姜子牙也深信自己有兴国安邦之才，只是没有寻找到大展宏图，建功立业的机会罢了。

有一天，姜子牙听说西伯侯姬昌（周文王）尊贤纳士、广施仁政，他便住到渭水河岸，天天到渭水河边去钓鱼，希望有朝一日，能引起周文王的注意，被明主重用。

姜子牙钓鱼与旁人不同。一般人钓鱼，都是用弯钩，上面接着有香味的饵食，然后把它沉在水里，诱骗鱼儿上钩。但太公的钓钩是直的，上面不挂鱼饵，也不沉到水里，并且离水面三尺高。姜子牙一边垂钓，一边嘴里还念念有词道："鱼儿呀，鱼儿，你如果愿意，就自己上钩吧！"老百姓看到姜子牙这样钓鱼，都取笑他："像你这样钓鱼，一辈子也钓不到一条鱼！"姜子牙听到后却摇摇头，自言自语说："你们怎么会理解我呢？我又不是为了钓鱼，我要钓的是王侯呀！"

消息一传十，十传百，渭水河边来了位怪人，每天直钩钓鱼，还声称"愿者上钩，要钓王侯"。这件事情慢慢地传到了周文王那里。文王知道后，就派一名士兵去叫他来。但太公并不理睬这个士兵，只顾自己钓鱼，并自言自语道："钓啊，钓啊，鱼儿不上钩，虾儿来胡闹！"

姬昌听了士兵的禀报后，改派一名官员去请太公来。可是太公依然不搭理，边钓边说："钓啊，钓啊，大鱼不上钩，小鱼别胡闹！"

姬昌这才意识到，这位钓者必是一位贤才，要亲自去请他才对。于是，周文王素食三日，沐浴整衣，带着厚礼，亲自前往渭水去请姜子牙。

周文王找到姜子牙后，说明来意，诚心诚意邀请姜子牙出山。可万万没有想到，姜子牙竟向周文王提出了一个非常无礼的要求：就是要坐在周文王的车上，让周文王亲自拉着车，回到朝中，才肯出山。否则，他宁愿仍在渭水河边钓鱼谋生。

周文王虽然心中不悦，但求贤若渴，就礼贤下士，扶姜子牙上了车，自己屈身拉车前行。走了一段路程后，周文王对姜子牙说："我实在拉不动了！"姜子牙让周文王再坚持拉一会，周文王只好又勉强拉着车走了几步，就实在拉不动了，一下子瘫坐在地上。姜子牙急忙下车扶起周文王，双膝下跪说：“我数过了，您拉了微臣八百单八步，我一定会报答您的知遇之恩，保您江山八百单八年！”周文王一听此话，赶紧起身还要继续拉车，姜子牙却说：“晚了，天机已经泄漏，再拉就不灵了。”

姜子牙被周文王拜为军师后，协助文王治理国家，后来又辅佐周文王的儿子姬发（周武王），灭掉了商朝，建立了周朝。

周朝建立后，姜子牙日渐衰老，自知不久将归西而去，便嘱咐周武王道：“老臣我很快就不能亲自保我周朝江山了。我死后，请把我的棺材吊在金銮殿的大梁上，就可保佑我周朝风调雨顺、天下归心。如果我周朝哪个地方发生了叛乱，就把我的棺材指向哪个地方，叛乱就会被平息。老臣我死了也要保佑周朝坐八百单八年的江山！”

时光流逝，八百零八年就要到了，当政的周天子早已忘记了姜子牙的嘱咐，整天不理朝政，荒淫无度。一日上朝时，他抬头看到大梁上吊着的姜子牙棺材，心里想：这棺材吊在这里不知道有多长时间了，万一哪一天掉下来，砸着自己就完了。于是，便下令把姜子牙的棺材卸下来。出于好奇，他又让手下把棺材撬开，看看里面到底装的都是什么。棺材被撬开后，从里面飞出两只鸽子。不久，周朝就灭亡了。

思考题

你还知道哪些和历史故事有关的歇后语呢？

答 案

赵匡胤爬城墙——四门无路。

张飞吃秤砣——铁了心。

项羽攻秦——破釜沉舟。

韩信打赵国——背水一战。

孔夫子搬家——尽是书（输）。

司马夸诸葛——甘拜下风。

刘备对诸葛——无话不说。

周瑜打黄盖——一个愿打，一个愿挨。

小学五年级语文课本（上册）有一篇课文《师恩难忘》，课文中，刘绍棠一直记得启蒙老师开学第一天教他的一首诗：“一去二三里，烟村四五家。亭台六七座，八九十枝花。”这首诗叫作《山村咏怀》，作者是宋代著名的理学家、画家邵康节。邵康节是一个十分富有传奇色彩的人物，下面我们就来读一个关于他的小故事。

邵康节赠画

邵康节原名邵雍，传说他能掐会算，能预言吉凶。

相传邵雍晚年住在卫辉霖落山的九阳河，九阳河有九个山头，每个山头他都开了荒，还种植了许多树。

一天，有个姓赵的书生上京赶考，听说邵先生算卦很灵验，就来求他算算能否考中。邵雍一看他就说“你五官方圆，眉清目秀，才华出众，定能得中，去吧！”公子再三拜谢，表示如果得中定来酬谢。邵雍摆摆手说：“不用麻烦，只是这山是我开，这树是我栽，今后有人来欺我，你能帮我做个证就行了。”

一年以后，果然邵雍的本家邵七欺压他，说这山不是邵雍开，这树不是邵雍栽。官司一直打到县衙，邵七先贿赂新任县令五十两纹银，要

他判偏理，谁知这位年轻的知县竟然就是当年邵雍给他算过卦的赵公子。

赵县令一看状子，就大拍惊堂木，要邵七跪下，怒斥道：“邵夫子年过七旬不肯歇，开荒种田，植树造林，岂能是你的不成？”邵七反驳道：“谁是证人？”赵知县道：“你贿赂本县，送银五十两，本县就是证人。你刁滑诬告好人，罚银五十两，立刻拉下去收监。”

邵雍官司打赢了，他为感谢新县令，要送一幅画给县令作纪念。

这天，邵雍让县令磨墨，磨了一夜他才作画。可这县令操劳了一天，实在疲乏，磨到大半夜竟然伏案睡着了。邵雍见他不磨了，只好展开笔毫，饱饱地蘸了墨，然后一挥而就，抹了一道直杠，挂在正堂就下去了。从此以后，每天天一黑，这道黑杠就变成了一支蜡烛明亮起来，一直明亮到县令磨墨停止的时辰就自动熄灭了。县令见状，不禁后悔万分，他知道，如果那天自己磨墨到天亮，这支蜡烛就一直会明到天亮了。

由于这位县令勤奋清廉，三年后，升任州官而去。卫辉县又换了一个县令，这个县令贪污受贿，敲诈勒索，以权谋私，老百姓对他恨之入骨，他也请邵雍来作画。

这一夜，他让侍女们扇着扇子，吃着酒果，不时还和美女们亲亲抱抱，一直磨墨到天亮，才请邵雍来作画。邵雍来了，抓起一把扫帚，蘸了墨，照白纸上摔打了几下，便愤然而去。县令一看，纸上全是点点滴滴的黑点子，不禁气愤地说：“这哪是画？简直是蚊子、是苍蝇、是马蜂！”没想到，县令话音未落，黑点顿时变成了蚊子、苍蝇和马蜂，一起向他扑来，围着他咬啊，螫啊，他跑到哪里，这些虫子就追到哪里，螫得他哭爹叫娘，直至把他赶出卫辉县界，虫子才不追了。

思考题

《师恩难忘》最后一段中说：“十年树木，百年树人。”像这样的八字成语，你还知道哪些？

答 案

失之毫厘，差以千里。

机不可失，时不再来。

城门失火，殃及池鱼。

放下屠刀，立地成佛。

近朱者赤，近墨者黑。

道高一尺，魔高一丈。

鹬蚌相争，渔翁得利。

不入虎穴，焉得虎子。

宁为玉碎，不为瓦全。

智者千虑，必有一失。

在小学三年级语文课本（下册）“练习4”中，同学们学习了一首古诗：《滁州西涧》。这首诗的作者韦应物，是唐代山水田园诗派的著名诗人，后人以“王孟韦柳”并称。韦应物的诗风恬淡高远，以善于写景和描写隐逸生活著称，因为他曾经做过苏州刺史，所以世称“韦苏州”。韦应物最著名的诗就是《滁州西涧》：“独怜幽草涧边生，上有黄鹂深树鸣。春潮带雨晚来急，野渡无人舟自横。”下面我们就来读一个民间流传的和此有关的小故事。

《滁州西涧》感江神

传说宋代的时候，有一位老翁王荣，要过一条大江，不料连着遇到大风天气，狂风整整刮了七天七夜。看到王荣一连等了七天还没法过江，江边的父老乡亲就对他说：“员外！我看您这宝囊中一定有什么稀世珍宝。这条江的江神极灵，您应当把宝物献给江神，这样风就会停了，您也就可以顺利过江了。”

王荣左思右想，觉得自己身上实在没有什么宝物。要说唯一值钱的东西，就是一条黄麈尾，于是就拿出来献给了江神。可是，江风一点停下来的意思也没有，还是不停地吹。再摸摸身上，现在只剩下一方端砚，能值一点钱，于是，王荣又把端砚献给了江神。没想到，这回江风不但没停，反而刮得更厉害了。接下来，王荣又把包裹里的玄色虎帐找出来献给江神，但是统统都不灵验！

晚上，王荣躺在床上，翻过来，覆过去，左思右想，无法入睡。忽然间，他想起一件事，他对自己说："现在包袱里只剩下黄庭坚草书的一把扇子，上面写着韦应物的诗句：'独怜幽草涧边生，上有黄鹂深树鸣'那一首诗。"想到这里，王荣立刻从床上爬起来，从包袱里找出这把扇子仔细端详。可是这位老翁，没读过几年书，文化不高，而黄庭坚写的又是草书，恍惚之际，他左看右看，根本就不认识几个字，不禁疑惑地自言自语道："我都不认得这玩意儿，难道江神会喜爱它吗？"可是疑惑归疑惑，王荣想了想，还是决定把写有韦应物《滁州西涧》诗句的这把扇子，拿到江边，去献给江神。

来到江边，王荣又像白天那样，将扇子献给了江神。刹那间，奇迹发生了，江风突然停止了！只见香火不动，天水相照，就像两面镜子一样平静，交相辉映，只有南边吹拂来一阵徐徐顺风。王荣一见，大喜过望，立即吩咐船家开船，不一会儿就过了江。

思考题

你知道前面提到的"王孟韦柳"是指哪四位著名诗人吗？

答案

“王孟韦柳”是盛唐时期王维、孟浩然，中唐时期韦应物、柳宗元的合称，是唐代山水田园诗歌流派的代表。这四人的遭遇、诗风并非完全相同，但在山水田园诗歌创作上，都有较高的独特成就，并且在艺术风格上有某种相同或相近之处。

敬　告

《课本故事会》收集整理了适合中小学生阅读的经典名篇，它们是孩子们成长道路上不可或缺的精神粮食。在本书编写过程中，得到许多作者的大力支持，在此表示衷心感谢。但是，由于篇目较多，出处无法一一考证；涉及的作品原作者面广，跨度大，无法一一联系上，更无从奉寄稿酬。敬请各位原作者（译者）或著作权人予以谅解，并与我们联系，我们将奉送样书并支付稿酬。

谨致谢忱。

联系电话：025－83283871

联系人：金欣